Copyright Hans-Gert Herberz

Herstellung und Verlag
BoD – Books on Demand, Norderstedt
ISBN 9783734769214

...und in den

Flammen

verglühten die

Träume

Erzählungen

von
H.-G. Herberz

Inhalt:

1. Sekunden der Apokalypse

2. ... und in den Flammen verglühten die Träume!

3. ... gehen 100 auf ein Lot!

4. Gnadenlos gejagt

5. Die Akten der Mörder

Sekunden der Apokalypse

In ermüdender Eintönigkeit zuckelten sie dahin, Stunde um Stunde, Stoßstange an Stoßstange soweit man nach vorne und nach hinten sehen konnte. Hitze, Mief, ungeduldiges Hupen, halsbrecherische Manöver mit kreischenden Bremsen, weil wieder irgendwer gepennt hatte. Es war kaum zu ertragen!
Wie hatte er nur auf die blödsinnige Idee kommen können, mitten in der Hauptferienzeit mit dem Auto zur Adria zu fahren? Alle hatten ihn gewarnt, denen er von seinem Vorhaben erzählt hatte. Der „Autoput" sei „Wahnsinn" und äußerst gefährlich wegen des Verkehrs auf katastrophalen Straßen. Aber er hatte ja das Abenteuer gewollt und alle Ratschläge ausgeschlagen. Und nun das!
An ein Überholen war auf der zweispurigen Straße nicht zu denken, denn auf der Gegenfahrbahn sah es zu seiner Verwunderung genauso aus. Hier wälzte sich eine ununterbrochene Blechlawine nach Norden.
Die Straße, die ins Gebirge führte, verlangte seine ganze Aufmerksamkeit, immer wieder unübersichtliche Kurven, steile Felswände direkt am Straßenrand und schroffe, fast senkrechte Abhänge dann auf der anderen Seite.
Die Teerdecke dieser fast immer überlasteten Straße war an vielen Stellen rissig und übersät mit kleineren und größeren Löchern. Die Ränder waren kaum befestigt und gefährlich brüchig. Hier und da waren schon größere Teerplatten in Richtung Abhang verrutscht oder fehlten ganz.
Die gnadenlose Witterung mit Hitze, starken Regenfällen, Eis und Schnee und natürlich der starke Verkehr hatten ganze Arbeit geleistet.

Eine Absicherung mit Metallplanken gab es auch in den gefährlichsten Kurven nicht. Allenthalben waren in recht unregelmäßigen Abständen grob behauene Basaltsäulen in die Erde eingebuddelt. Oft standen sie schon bedenklich schief, lagen gar am Boden oder fehlten ganz, weil jemand sie touchiert und in den Abgrund befördert oder gar mit sich in die Tiefe gerissen hatte.
An den Steilhängen, die die Straße drohend überragten, kam es immer wieder zu kleineren Erdrutschen. Kleinere und größere Felsbrocken rollten teilweise bis zum Graben am Straßenrand oder kullerten sogar auf die Fahrbahn, wie man immer wieder sehen konnte.
Meist waren sie so klein, dass man einfach darüber hinweg fahren konnte.
Ab und zu war man aber auch gezwungen, ganz langsam und vorsichtig dickere Brocken zwischen die Räder zu nehmen oder sie gar zu umfahren.
Und einer dieser Brocken, so wurde ihm erst viel später und lange nach den apokalyptischen Geschehnissen bewusst, rettete dann ihm und seinem Sohn das Leben.
Sein Sohn saß bei dieser Fahrt durchs menschenleere Niemandsland zu einem Pass über die Vorberge des Karpatenrückens auf dem Beifahrersitz und suchte gerade in der Straßenkarte nach einer Abzweigung, nach einer vielleicht weniger befahrenen Straße oder einem Weg zum vor ihnen liegenden Pass.
Zu ihrer großen Enttäuschung waren sie laut Karte vor einigen Minuten an der einzigen wohl weit und breit existierenden Abzweigung vorbeigefahren.
Es wäre ein enger Schotterweg gewesen, mehr

ein etwas breiterer Eselspfad, der in halsbrecherischen Kurven zum Talgrund führte und dann von dort aus wieder in ebensolchen Serpentinen zum Pass.
Sie waren sich schnell einig, dass das keine Alternative gewesen wäre, viel zu schmal, viel zu steil und nur Schotter, wer weiß in welchem Zustand. Dann doch besser in der Kolonne weiter zockeln.
Vor ihnen fuhr schon über mehr als eine Stunde eine grüne Volvolimousine älteren Modells mit schwedischem Kennzeichen.
Zwei Kinder, ein Junge und ein Mädchen, saßen auf der Rückbank, spielten mit Puppen und Autos. Manchmal entsicherten sie aus Langeweile ihre Gurte, ohne dass die Eltern es mitbekamen, knieten sich auf den Sitz und spielten auf der Gepäckabdeckung.
Dann zeigten sie ihre Spielsachen durch die Rückscheibe, ließen die Puppen auf und ab tanzen oder rasten mit dem Rennwagen über Jacken und einigem undefinierbaren Kleinkram auf der Gepäckabdeckung und freuten sich über eine positive Reaktion, ein Winken, eine Kusshand von den Leuten hinter ihnen.
Und dann schlug plötzlich das Grauen in Sekundenbruchteilen zu.
Aus der entgegenkommenden Kolonne, die ja ebenso lindwurmartig daher zockelte, scherte plötzlich unverständlicher Weise ein klotzig-großes Fahrzeug, ein schwarzer S.U.V. mit Rammgestänge vorne um Lampen und Kühler aus, als ob er überholen wollte.

< Ist der denn bescheuert? Will der etwa hier überholen? >, sagte der Fahrer zuerst noch ganz erstaunt mit nur leicht erhobener Stimme, um dann aber sofort mit voller Lautstärke los zu brüllen:
< Der fährt ja genau auf uns zu! Wenn der uns rammt, fliegen wir unweigerlich den Abhang hinunter! >
Der Sohn riss seinen Kopf hoch und sog seinen Atem tief ein, als er die Gefahr registrierte. Blass bis zur Nasenspitze versteifte sich seine Haltung, ohne etwas zu sagen klammerte er sich instinktiv am rechten Haltegriff fest.
Natürlich trat der Vater erst einmal mit voller Kraft auf die Bremsen, wie man das eben als Autofahrer ohne Nachzudenken bei einer Gefahr tut.
'Hoffentlich hat der Fahrer hinter mir nicht gepennt und knallt mir hinten drauf', schoss es ihm durch den Kopf.
'Vielleicht reicht ja der Abstand zum Vordermann durch dieses abenteuerliche Bremsmanöver aus! Vielleicht rutscht ja der große Wagen vor uns vorbei', war der nächste Gedanke. Vielleicht, vielleicht.....
Doch der S.U.V. rollte weiter genau auf sie zu. Es sah fast so aus, als ob sie die stahlumrahmten Lampen höhnisch angrinsten.
Die Schnauze des schwarzen Ungeheuers wurde schnell immer riesiger. Sie sprang förmlich auf sie zu.
Der Fahrer drückte seinen Rücken instinktiv gegen die Rückenlehne und streckte seine Arme durch. Seine Finger krallten sich mit aller Kraft um das Lenkrad. Seine Knöchel wurden weiß vor Anspannung.

`Jetzt ist alles aus, das werden wir nicht überleben`, dachte er gerade fast resigniert bei sich, als er plötzlich sah, dass das linke Vorderrad des S.U.V. hoch hüpfte, weil es über einen der dicken Brocken auf der Straße gepoltert war.

Der schwere Wagen wankte hin und her und veränderte dann urplötzlich ganz leicht seine Fahrtrichtung. Die Schnauze zeigte jetzt auf das Fahrzeug vor ihnen. Sekundenbruchteile später krachte sie auch schon mit dem linken Kotflügel auf den vor ihnen fahrenden Volvo.

Wie auf Zeitlupe gestellt, registrierte er jetzt mehrere Sachen gleichzeitig:

Er hörte den infernalischen Knall des Aufpralls, dann das ohrenbetäubende Kreischen sich verbiegenden Metalls, er sah, wie die Motorhaube des Volvos komplett nach oben gebogen und vor die Öffnung der Windschutzscheibe gehämmert wurde, die sich gleichzeitig in tausende kleine und kleinste Glaspartikel zerlegte, die durch die Gegend flogen,

Fahrer und Beifahrerin des Volvos schlugen mit ungeheurer Wucht auf Lenkrad und Armaturenbrett auf, wie von Geisterhand weggefegt verschwanden die beiden Kinder von der Rückbank aus ihrem Sichtfeld. Auch sie knallten in die bizarr verbogenen Wrackteile des Armaturenbretts, der runde Corpus einer Vorderlampe kullerte plötzlich wie ein Ball auf sie zu, fürchterlich knirschend rutschte hinter der Lampe eine große schwarze Seitentür über das Pflaster, der schwarze S.U.V. - vorne fast bis zur Unkenntlichkeit zerbeult - wurde nach dem Aufprall wie mit Titanenfäusten wieder in die Fahrtrichtung zurückgeschleudert und rollte weiter. Front-scheibe, Lampen und Fahrertür fehlten, der Fahrer des S.U.V. - wohl mit den Füßen unter Steuerrad oder Armaturenbrett eingeklemmt – hing fast mit dem ganzen Körper seitlich weit aus der Öffnung, so weit, dass sein Kopf im Weiterrollen wie ein Ball immer wieder auf die Straße „titschte", die sich mehr und mehr rot färbte.

Statt jetzt „in die Eisen zu steigen" und zu versuchen, den Wagen zum Stehen zu bringen, was wohl die übliche Reaktion gewesen wäre, trat er instinktiv brutal aufs Gas. Hatte ihn ein kurzer Blick in den rechts gähnenden Abgrund dazu gebracht? Er wusste es nicht und konnte es sich auch später nicht erklären!

Mit aufheulendem Motor lenkte er den Wagen trotz der ihm entgegen schlitternden oder rollenden Hindernisse mitten hinein in die sich gefühlt nur im Zeitlupentempo vergrößernde Lücke zwischen den beiden Wracks des so brutal gestoppten Volvos rechts und links dem nach dem Zusammenstoß führerlos weiterrutschenden S.U.V.. Unter ihm knirschte Glas und Blech. Ein fürchterliches und Nerven zerfetzendes Geräusch!

Sie rumpelten über den kullernden Lampencorpus, sein Wagen schwankte gefährlich hin und her und die Federung protestierte lautstark, dann über die heran rutschende Tür. Glas zerplatzte mit lautem Knall.

Würde die allmählich breiter werdende Lücke zwischen den Wracks reichen oder würde er letztendlich doch in das Inferno hineinknallen?

Millisekunden dehnten sich zu endlosen Stunden.

< Nun verschwinde endlich, du Blechhaufen! Ich muss da durch! > stieß er durch seine Zähne.
Und tatsächlich kamen sie frei, ohne von einem der herumfliegenden Wrackteile getroffen zu werden, ohne irgendwo anzustoßen, ohne sich den Auspuff abzureißen, ohne sich den Unterboden aufzuschlitzen und auch ohne ihre Reifen zu zerschneiden, wie er wenig später bei einem kurzen Stopp aufatmend feststellte.
Es war ein Wunder! Unfassbar!
Sein Sohn und er stießen jetzt fast gleichzeitig ihren Atem hörbar aus. Sie schauten sich an. Ihre Blicke zeigten Staunen und tiefe Erleichterung. Sie waren einer tödlichen Katastrophe nur knapp und mit viel Glück entgangen!
Der Gesteinsbrocken auf der Straße hatte sie gerettet. Die Schlampigkeit der Straßenarbeiter sei gelobt!
Eigentlich hätten sie jetzt irgendwo dort unten tief in der Schlucht liegen können, zerquetscht, zerschlagen, zerrissen, vielleicht brennend.
Mit jetzt doch leicht zittrigen Knien hielt er nach einigen hundert Metern kurz an.
´Sollen wir zurücklaufen und erste Hilfe leisten´?
Da er aber auf beiden Spuren genügend Augenzeugen und somit auch Helfer wusste, die jetzt gezwungener Maßen am Unfallort feststeckten, entschied er sich dafür, nach kurzer Inspektion der Reifen weiterzufahren und den Unfall bei der nächstmöglichen Gelegenheit der Polizei zu melden.
Bis sie aber auf dieser schlechten Straße durchs gebirgige, kaum besiedelte Land bei diesem Höllenverkehr die nächste Tankstelle erreichten,

vergingen geschlagene 30 Minuten. Mit Wortfetzen aus verschiedenen Sprachen, teilweise mit Hilfe von Händen und Füßen, versuchte er dem etwas begriffsstutzigen und total verschlafenen Tankwart einer einsamen, schon etwas gammeligen Tankstelle am Straßenrand klar zu machen, was geschehen war, und dass er die nächste Polizeidienststelle verständigen müsse.
Als der Tankwart dann schließlich und endlich zum Hörer griff, musste er so laut schreien, dass die Polizei den Anruf fast auch ohne Telefon hätte hören müssen.
Doch sie waren nach dem Anruf noch einmal fast 20 Minuten weitergefahren, ehe sie einen altersschwachen Streifenwagen mit teilweise nur noch röchelndem Martinshorn auf der Gegenfahrbahn bemerkten, der sich an der zum Stillstand gekommenen Autoschlange im Zickzack vorbei kämpfen musste.
Als er auf ihrer Höhe war, konnten sie sehen, dass das Fahrzeug nur mit einer Person, einem recht beleibten Polizisten, besetzt war. Von Rettungs- oder gar Notarztwagen war weit und breit nichts zu sehen oder zu hören. Und das blieb auch so, bis sie die Passhöhe erreichten, was wiederum eine halbe Stunde dauerte.
< Wie mag es dort unten aussehen? > flüsterte Marc und schüttelte sich vor Schaudern.
< Das wird ein unvorstellbares Chaos sein! Und wie lange die Verletzten ohne medizinische Versorgung bleiben müssen! Es ist entsetzlich! >
Sie waren dieser Apokalypse mit viel Glück entgangen und dafür zutiefst dankbar.

Noch Wochen und gar Monate nach diesem traumatischen Erlebnis schreckte er ab und zu nachts schweißgebadet aus dem Schlaf auf, weil er glaubte, wieder diese schrecklichen Geräusche gehört zu haben.

Und eines steht für ihn seitdem fest, nie mehr würde er mit dem Auto diese Strecke fahren, auch wenn man mittlerweile hörte, dass lange Passagen dieser schier endlosen Transitstraße zu autobahnähnlichen Schnellstraßen ausgebaut wurden!

++++

... und in den Flammen verglühten die Träume!

Er wachte auf, war Schweiß gebadet, seine Augen trotz der Dunkelheit weit aufgerissen. Er setzte sich ruckartig auf in seinem Bett. Angeekelt fühlte er die Feuchtigkeit der Laken. Sein Atem ging stoßweise und er zitterte am ganzen Leib.
Trotz der Dunkelheit waren seine Augen weit aufgerissen. Nur ganz allmählich beruhigte er sich. Seine Hand suchte tastend nach der Nachtlampe.
Erst als das Licht anging und er die gewohnte Umgebung seines Schlafzimmers sah, hörte sein Zittern allmählich auf.
Jetzt war er in der Lage aufzustehen, und gierig trank er am Waschbecken ein Glas Wasser. Im Spiegel sah er ein fremdes, verzerrtes Gesicht, das Haar klebte wirr auf der schweißnassen Stirn.
Er versuchte, sich an das Schreckliche zu erinnern, das er in den Alpträumen der Nacht durchlebt hatte.
Die wirren Gedankenfetzen ordneten sich nur schwer, als ob sich sein Unterbewusstsein dagegen wehrte, das Grauen noch einmal zu sehen.
Und doch wurden die Bilder jetzt deutlicher.
Zuerst wie durch einen Nebel, dann immer klarer hatte er wieder das unbeschreibliche Inferno des Verkehrsunfalls vor Augen.
Er sah auch deutlich die Gesichter hinter den Seitenscheiben, sah die vor Panik irre aufgerissenen Augen, als die Flammen sich gierig ausbreiteten.
Die Gesichter waren ihm im Traum merkwürdig vertraut gewesen und jetzt beim Aufwachen wusste er plötzlich, dass es die Gesichter seiner Nachbarn waren, des Ehepaars, das auf der anderen Seite des Treppenhauses wohnte.

Nur ganz allmählich kroch das bleierne Grau des Morgens durch die nur halb zugezogenen Klappläden.
Er stand eine lange Zeit wie versteinert am Fenster, seine zittrigen Hände hatte er auf die kalte, steinerne Fensterbank gestützt und starrte durch die Scheiben in die Dunkelheit.
Was sollte er tun? Sollte er versuchen, die vorausgesehene Katastrophe zu verhindern? Hatte er überhaupt die Möglichkeit dazu? Könnte er in den Lauf der Zeit eingreifen und Schicksal spielen?
Er konnte sich noch gut an den ersten schrecklichen Traum erinnern. Er war gerade 18 Jahre geworden. Auch damals hatte er in seinen wilden Fantasien Tod und Schrecknis gesehen, hatte aber geglaubt, dass dies von den gruseligen Geschichten hervorgerufen worden sei, die sich die Erwachsenen abends bei seiner Geburtstagsfeier erzählt hatten.
Da war von verstümmelten Leichen durch den Krieg, von Explosionen und grässlich entstellten Opfern, von Unfällen mit grauenhaft zugerichteten Toten erzählt worden.
Jeder Erzähler hatte versucht, den anderen in der Schilderung von Grausamkeiten zu übertreffen.
Doch wie erschüttert war er gewesen, als er wenige Tage später gehört und in der Zeitung gelesen hatte, dass der Unfall, den er geträumt hatte, dann wirklich passiert war.
Er hatte die Verunglückten aus seinem Traum anhand der Fotos in der Tageszeitung wieder erkannt und der von der Polizei rekonstruierte Unfallhergang hatte fast mit seinem Traum übereingestimmt.

Über die Unfallursache hatte bei der Polizei Rätselraten geherrscht.
Er hätte die Sache aufklären können. Er hatte „gesehen", wie die Beifahrerin den Fahrer hatte küssen wollen. Diesem war für einige kurze Sekunden die Sicht genommen gewesen, er hatte die leichte Kurve der Straße übersehen und war schnurgerade aus in den entgegen kommenden Lkw gerast.
Beide Fahrzeuge waren in Flammen aufgegangen und die Menschen waren in ihren Fahrzeugen verbrannt.
Mit Mühe hatte die Feuerwehr ein Übergreifen der Flammen auf eine Tankstelle verhindern können.

Tage- und wochenlang hatte ihn der Gedanke gemartert, dass ja die Leute noch gelebt hatten, als er die Geschehnisse geträumt hatte.
Er hatte sich nicht auf seine Arbeit konzentrieren können, hatte viele ungeduldige Blicke seiner Kollegen erdulden müssen und auch einige bissige Bemerkungen über seine „geistige Abwesenheit".
Er hatte zwar immer wieder versucht, sich zu beruhigen, indem er sich sagte, er habe die Leute ja gar nicht gekannt, hätte sie also auch nicht warnen können. Doch der Gedanke, dass er eine gewisse Mitschuld trüge, hatte weiter in seinem Kopf gebohrt.
Lange war dann Ruhe gewesen. Die selbstquälerischen Gedanken, die anklagenden Gesichter der Verunglückten waren allmählich verblasst. Sein Schlaf war ruhiger geworden.

Dann, es waren mittlerweile sechs Monate vergangen, war es wieder passiert. Wieder hatte er den Tod gesehen in einem apokalyptischen Alptraum.
Schweißnass hatte er sich in seinem Bett gewälzt, die Handflächen vor die Ohren gepresst, um das fürchterliche Kreischen bei der Notbremsung des D-Zugs, das Krachen, als das Auto in den Zug raste, das Explodieren des Tanks nicht zu hören.
Wieder hatte er Flammen gesehen, die sich gierig und unaufhaltsam weiter fraßen und Auto und Zug verschlangen.
Im Auto waren auch kleine Kinder gewesen, die dann wie Pechfackeln gebrannt hatten. Die vor Angst grimassenhaft verzerrten Gesichter der Opfer hatten sich unauslöschlich in sein Gedächtnis eingebrannt.
Die ersten Tage hatte er nicht gewagt, das Haus zu verlassen, als befürchtete er, dass man mit Fingern auf ihn als einen Mitschuldigen zeigen würde.
Nur bei Dunkelheit war er auf die Straße gegangen, von einer inneren Unruhe getrieben umhergewandert.
Und dann hatte er sie plötzlich gesehen. Bei einem schnellen Einkauf im Supermarkt hatten die Menschen, deren Tod er vor wenigen Tagen geträumt hatte, plötzlich vor ihm gestanden. Nur getrennt durch die Glasscheiben einer Vitrine hatte er in ihre lachenden Gesichter gesehen, hatte die Kinder strahlend auf die Reklame der neuesten Spielsachen deuten sehen und den Mann, der ihnen liebevoll über den Kopf gestreichelt hatte, als er sie wohl auf später vertröstet hatte. Sie

waren lachend an ihm vorbei gegangen, ohne zu bemerken, dass er sie mit vor Entsetzen weit aufgerissenen Augen angestarrt hatte.

Wie unter einem Zwang war er der glücklichen Familie gefolgt, die, wenn sein Traum sich wieder bewahrheiten würde, bald würde sterben müssen.

Mehrmals war er so dicht herangegangen, dass er ihre Unterhaltung hatte verfolgen können.

Zu seinem großen Entsetzen hatten sie über den unmittelbar bevorstehenden Urlaub gesprochen. Sie wollten mit dem Auto ans Meer fahren, kauften nur noch einige letzte Reiseutensilien. Während dieses Einkaufsbummels erzählten vor allem die Kinder strahlend über ihre Pläne.

Sie wollten riesige Sandburgen bauen, die mit Muscheln geschmückt sein würden, denn sie wollten den Preis gewinnen, den die Kurdirektion ihres Urlaubsortes ausgelobt hatte. Sie hatten sogar schon eine Kutsche und Pferde aus ihrem Spielzeugbauernhof eingepackt, um es echt aussehen zu lassen, wie sie stolz verkündeten.

Mehrere Male war er drauf und dran gewesen, sie anzusprechen und sie vor dem drohenden Unglück zu warnen.

Im letzten Moment jedoch hatte er wieder gezögert. Wie hätte er ihnen plausibel machen sollen, dass er ihr Schicksal kannte?

Welche Beweise hätte er denn auch gehabt?

Sie hätten ihn für einen Spinner gehalten oder schlimmer noch für jemanden, der irgendetwas Widerrechtliches im Schilde führte.

Als die Familie wieder zum Auto zurückgegangen war, voll bepackt mit Freizeitutensilien, lachend und glücklich, dass der Urlaub jetzt beginnen

konnte, hatte er sich schließlich doch überwunden und versucht, die Leute an zu sprechen.
Doch bevor er auch nur zu einer Erklärung angesetzt hatte, war er von dem Mann ungeduldig unterbrochen worden. Er hatte ihm bedeutet, dass sie sehr in Eile seien, weil sie gleich in Urlaub führen und noch viel zu packen hätten! Sie hätten also jetzt keine Zeit, sich mit irgendwelchem Unsinn zu befassen.
Der junge Mann war dann eine ganze Zeit mit hängenden Schultern völlig resigniert stehen geblieben, unfähig sich zu rühren, unfähig einen klaren Gedanken zu fassen.
Schließlich war er mit letzter Kraft nach Hause gewankt und hatte sich dort eingeschlossen.
An seinem Arbeitsplatz hatte er sich krank gemeldet, was sehr negativ vermerkt worden war, wie er später erfahren hatte, weil er einige unaufschiebbare Berechnungen zu machen gehabt hatte, die für die gesamte Produktion unverzichtbar gewesen waren. Doch er hätte diese Berechnungen, für die er der Spezialist war, nicht machen können. Die Brücke wäre sicher zusammengestürzt bei seinem Geisteszustand.
Er hatte morgens keine Zeitung aufgeschlagen, den ganzen Tag kein Radio gehört und auch den Fernsehapparat nicht angeschaltet.
Und doch hatte er die schreckliche Nachricht erfahren.
Sie war ihm förmlich von einem Zeitungsaushang ins Gesicht gesprungen, auf dem kurzen Weg zum nahen Lebensmittelladen.
Grauenhafte Bilder, die er längst kannte. Fotos, die vertraute Gesichter zeigten, hatten die grauen-

haften Ereignisse an einem unbeschrankten Bahnübergang in der Nähe herausgeschrien.
Damals war er wie im Fieber in seine Wohnung gewankt und hatte sich umbringen wollen. Die Badewanne war schon gefüllt gewesen, das lange Fleischermesser, mit dem er sich die Pulsadern hatte aufschneiden wollen, wenn er in die Wanne gestiegen war, hatte schon bereit gelegen. Doch dann hatte ihn der Mut verlassen.
Hätte er es nur getan, sagte er sich jetzt, dann wäre ihm der heutige fast noch schrecklichere Alptraum, diese Apokalypse des Grauens erspart geblieben!
Er hatte lange wie versteinert da gestanden. Jetzt stieß er sich von der Fensterbank ab.
Er hatte für sich eine Entscheidung gefällt. Er würde nicht wieder schweigen, auch wenn seine Nachbarn ihn für verrückt hielten.
Das Dunkel des Himmels war in ein Bleigrau übergegangen und man konnte schon die erste Tagesbläue erahnen. Bald würden die ersten Sonnenstrahlen über den Horizont springen.
Und bald würde er auch zu seinen Nachbarn hinüber gehen können, um mit ihnen zu reden. Er würde ihnen seinen Traum erzählen, um sie von ihrer wohl geplanten Fahrt abzubringen.
Mit dem langsamen Erwachen des Tags drangen viele vertraute Geräusche zu ihm herein.
Plötzlich hörte er beim Überziehen seines Pullovers zu seinem Entsetzen für einen Moment das vertraute Nageln des uralten Diesels seines Nachbarn, das er nur zu gut kannte, weil es ihn oft genug früh morgens aus dem Schlaf geholt hatte.

Er stürzte ans Fenster und sah den alten Wagen Richtung Autobahn davon kriechen.
Mein Gott, sie waren schon jetzt losgefahren, hatten nicht den Anbruch des Tages abgewartet!
Er hatte sie nicht mehr warnen können!
Nun musste alles sehr schnell gehen.
Er schnappte sich Windjacke und Autoschlüssel, stürzte aus der Wohnung, sprang, mehrere Stufen auf einmal nehmend, die steile Treppe hinunter und rannte zu seinem Auto.
Er war sich sicher, dass er den klapprigen Diesel der Nachbarn mit seinem schnellen Flitzer noch einholen würde, und irgendwie würde er sie auch stoppen können.
Er raste los, nahm die Kurven viel zu schnell und sah auch bald das alte, verbeulte Fahrzeug vor sich.
Er würde sie noch vor der Autobahnauffahrt einholen können, da war er sich jetzt sicher, und er würde sie dann stoppen.
Auf der Geraden trat er das Gaspedal voll durch und sein Wagen machte einen regelrechten Sprung nach vorne. Bald war er hinter dem alten Diesel, fuhr fast Stoßstange an Stoßstange, gab Blinkzeichen und versuchte mit der Hand, die Vorausfahrenden zum Anhalten zu bewegen.
Doch statt langsamer zu werden, versuchte der Fahrer mit seinem alten Fahrzeug zu beschleunigen, so gut es ging. Hastige, gehetzte Blicke in den Rückspiegel und die leicht über den Lenker gebeugte, total verspannte Haltung des Oberkörpers zeigten, dass der Fahrer des alten Diesels unsicher wurde, in Panik geriet, sich bedrängt fühlte.

Auch die Beifahrerin schaute mehrmals beunruhigt durch das Rückfenster.
So würde er es nie schaffen, ihn zum Anhalten zu bewegen!
Er musste sie überholen, sich dicht vor sie setzen, dann sein Tempo langsam reduzieren, um so auch das hinter ihm fahrende Fahrzeug zum Abbremsen zu zwingen.
´Die Gelegenheit zum Überholen ist hier in dieser leichten Kurve vor uns am günstigsten´, dachte er und trat das Gaspedal noch einmal bis zum Anschlag durch, zog sein Fahrzeug auf die Gegenspur und schoss vorbei.
Den Tanklastwagen, der ihm entgegen kam, hatte er nicht sehen können, weil Büsche ihm die Sicht verdeckten.
Mit aller Kraft riss er sein Lenkrad nach rechts, um vor dem Diesel der Nachbarn einscheren zu können.
Der alte Mann war in einer Instinktreaktion voll auf die Bremsen gestiegen, um ihm noch etwas mehr Platz für das riskante Manöver zu lassen. Doch es reichte nicht mehr ganz.
Die riesige Schnauze des Trucks erwischte sein Heck in der Höhe des linken Hinterrads und schleuderte ihn wie einen Kinderkreisel herum.
Mit voller Wucht krachte er mit der Fahrerseite gegen die Leitplanke, wurde wieder in die Straßenmitte zurück geschleudert und schlitterte ungebremst vor die Hinterräder des riesigen Trucks mit seiner tödlichen Ladung.
Er blieb voll bei Bewusstsein und bekam jede Phase des Unfalls wie in einem Zeitrafferfilm mit.

Beim Herumschleudern nahm er noch wahr, dass der alte Diesel der Nachbarn durch die Lücke stieß, die sich plötzlich auftat, als er vom Lkw wegschleuderte, und er nahm auch noch wahr, dass der Nachbar nach einem waghalsigen Bremsmanöver aus seinem Fahrzeug heraussprang und auf ihn zulief.
Dann kamen die Flammen.
Er konnte sich in seinem Sitz nicht bewegen, seine beiden Füße waren durch den seitlichen Aufprall gegen die Planken im total verformten Fußraum zwischen den Pedalen eingeklemmt.
Das Lenkrad presste seine Brust wie eine Stahlplatte gegen die Rücklehne.
Irgendjemand rüttelte am Türgriff und versuchte immer wieder, die total eingedrückte Tür aufzuzerren.
Mühsam drehte der Eingeklemmte den Kopf und schaute, genau wie er es geträumt hatte, in die Gesichter des Nachbarn und seiner Frau hinter der Seitenscheibe. Ihre Augen waren vor Entsetzen und Panik weit aufgerissen. Trotz der großen Gefahr versuchten sie, mit den bloßen Händen die Seitenscheibe einzuschlagen. Vergebens!
In diesem Augenblick platzte die Windschutzscheibe durch die Hitze der Flammen, die aus dem Motorraum gegen sie loderten. Der Flammensturm hüllte ihn ein, und dann verlor er das Bewusstsein.....

... gehen
100
auf ein
Lot!

„Wo bleibt denn der Alex nur? Mensch, wie lange ist der denn schon auf dem Klo?" Ungeduldig trommelte die Chorleiterin mit den Fingern auf das neben ihr stehende Klavier. Die Kirche würde sich bald mit den ersten Konzertbesuchern füllen und der Chor musste sich noch einsingen.

„Ich versteh das nicht, er wusste doch, dass wir die Stellprobe und das Einsingen jetzt machen wollten", sagte Veronika aus der Ecke des Soprans. Sie sah sogar ein bisschen besorgt aus.

Irritiert schauten jetzt fast alle Sänger und Sängerinnen zur Seitentür, die zu einem Flur führte, von dem man links zur Sakristei, rechts zu zwei kleinen Toiletten kam.

„Ich wäre dafür, schon ohne ihn zu beginnen. Der große Meister kann sich ja dann einfügen, wenn er geruht hier zu erscheinen", meinte Walter Klein, der eine Leitstimme im Tenor war.

Walter hatte einmal zwei Semester an der Musikakademie verbracht. „Ein bisschen Gesang und Klavier studiert", wie er oft durchblicken ließ.

Er war bis vor kurzem unbestritten der Wortführer des Chors gewesen. Sogar bei der Auswahl der Literatur hatte er ein gewichtiges Wort mit gesprochen und kaum einer, noch nicht einmal die Chorleiterin selbst, hatte ihm ernsthaft widersprochen. Dazu war auch die Beziehung zwischen den beiden zu persönlich gewesen.

Er war unangefochten die Nummer eins gewesen, bis Alex eines Tages auftauchte, der schon längere Zeit im Chor der Bonner Oper mitgesungen hatte und ihm von der Stimme her zumindest ebenbürtig war.

Plötzlich war in dem kleinen Chor ein neuer Stern aufgegangen und nach mehreren Proben und vor allem beim Probenwochenende des Chors in einem abgelegenen Kloster wurde klar, dass dieser „Neue", Alex Berger, ernsthafte Konkurrenz war für Walter, auch was die Solopartien beim Konzert betraf.
Es war für die anderen Sänger amüsant zu sehen, wie sich beide ins Zeug legten. Ihre Auffassungen, wie die einzelnen Solostellen zu singen seien, waren sehr unterschiedlich. Mehr und mehr Chormitglieder, die anfänglich aus Gewohnheit, aus Freundschaft oder aus geschäftlichen Motiven auf Walters Seite gestanden hatten - Walter hatte nach dem abgebrochenen Studium mittlerweile ein großes Baugeschäft aufgebaut - schwenkten allmählich um.
Die meisten Sänger merkten, dass die Stimme dieses Alex doch besser war, der Chor mit dieser brillanten Stimme mehr Erfolge, mehr Zustimmung des Publikums gewinnen könnte, und sie stellten sich auf Alex` Seite.
Manche schwenkten aber auch nur um, weil ihnen die musikalische und damit verbunden auch die persönliche Bevormundung Walters schon lange gegen den Strich gegangen waren.
Einige Sänger und Sängerinnen waren sogar schon wegen angeblicher „Arbeitsüberlastung" längere Zeit von den Proben ferngeblieben. Jeder wusste aber, dass der eigentliche Grund die dominierende Rolle von Walter Klein war. Jetzt erschienen nach und nach alle Sänger wieder bei den Proben, die vorher oft berufliche Verpflichtungen vorgeschützt hatten.

Bernadette Winkler, die Chorleiterin, saß, wie man so schön sagt, zwischen zwei Stühlen. Auf der einen Seite merkte sie ganz genau, dass der Chor mit Alex einen Glücksgriff getan hatte, dass die Stimme dieses neuen ‚Sterns' von Probe zu Probe besser wurde und es war ja nicht zuletzt ihr Verdienst, ihr einfühlsames Führen, das dies bewirkte.

Auf der anderen Seite sah sie sich durch ihre persönliche Freundschaft mit Walter Klein, wenn auch mehr und mehr gegen ihre fachliche Überzeugung, gezwungen, diesen zu favorisieren.

Die Entscheidung war dann aber am Ende des Probenwochenendes zugunsten von Alex Berger gefallen.

Anders als vorher hatte der ganze Chor mit entschieden, sehr zur Verbitterung von Walter Klein.

Dieser warf sogar der Chorleiterin vor, dass sie mit Absicht jetzt neuerdings den ganzen Chor bis hin zur „dünnstimmigen Erna" abstimmen ließe, um sich hinter dieser Abstimmung verstecken zu können. Früher habe sie dies alleine entschieden.

Er hatte damit natürlich nicht einmal Unrecht, wie jeder wusste, wenn er auch seine früher fast immer entscheidende Rolle bei diesem Vorwurf nicht erwähnte.

Die Spannung zwischen den beiden ehemals Vertrauten war mit den Händen zu greifen. Es gab kein Augenzwinkern mehr. Die Gespräche waren recht frostig, nur auf die Probenarbeit bezogen und man ging auch nicht mehr nach den Proben gemeinsam zum Bier in die Stammkneipe.

Bernadette Winkler hatte nach der gefällten Entscheidung in einigen Sonderproben Alex gezielt auf das Konzert vorbereitet, hatte dafür sogar in Kauf genommen, den Krach mit Walter Klein zu verstärken. Und doch ging Walters Ärger nicht so weit, dass er „die Brocken" hingeschmissen hätte, wie er es mehrmals angedroht hatte. Dafür war er mit dem Chor und der Chorarbeit zu sehr verbunden.
Allmählich wurden nun auch einige andere Sänger unruhig. Ulrich zupfte zum wiederholten Male seinen schwarzen Rollkragen-pullover zu Recht und knurrte: „Blödhammel, immer dasselbe vor einem Konzert! Und dann klappt nachher der Einsatz nicht!"
Er hatte zwar noch nie einen Einsatz verpasst, doch seine Nervosität, sein Lampenfieber konnte er nicht ganz unterdrücken.
Einige Damen überprüften zum wiederholten Male den Sitz ihrer Frisur oder zupften nervös an ihren Locken. Veronika Bach hatte sogar ihren Spiegel wieder hervorgekramt, um das Make-up zu überprüfen.
Alle Köpfe ruckten jetzt herum, als sich die bewusste Tür im Chor öffnete. Aber es erschien nicht der sehnsüchtig erwartete Alex Berger, sondern Georg Wegner schob seine lange schlaksige Figur durch die Tür und meldete mit ärgerlicher Stimme:
„Auf dem Klo ist keiner. Vielleicht ist er ja noch einmal raus gegangen. Hier ist nämlich auch eine kleine Seitentür auf den Parkplatz."
Nun verlor die Dirigentin endgültig ihre Geduld.

„Wir können nicht mehr länger warten, sonst ist die Kirche nachher zu voll. Der Alex muss sich dann eben so einfügen, wenn er kommt!"
Sie blickte wie von ungefähr zu Walter Klein hinüber, der vor sich hin grinste.
Schnell waren die Positionen eingenommen. Wie üblich gab Bernadette einige Atemübungen und einige Läufe vor, und routiniert folgten die erfahrenen Sänger ihren Vorgaben.
Die Bänke der Kirche füllten sich nun allmählich mit Konzertbesuchern, in der Regel festlich gekleidet, bis auf einige wenige meist jüngere Leute, die es für „cool" hielten, in bewusst lockerer Kleidung zu einem Konzert zu erscheinen.
Alex Berger war immer noch nicht da. Der Uhrzeiger rückte gnadenlos weiter.
„Der Kerl hat gekniffen! Er hat ‚Schiss' vor der Solopartie!", zischte Walter Klein in die Runde, dass es alle hörten. Veronika, die zwei Reihen vor ihnen saß, hatte das auch gehört. Wie eine Furie sprang sie auf und flüsterte so laut, dass es sogar die Besucher in den ersten Kirchenbänken mithören konnten:
„Du Neidhammel, das hättest du wohl gerne, damit Du hier wieder die erste Geige spielst! Warte ab, er wird es dir schon zeigen!"
Die Augen aller Chormitglieder waren nun auf sie gerichtet. Manche hatten es ja schon geahnt, dass die stille Veronika für Alex schwärmte, aber nun war es durch ihren vehementen Ausbruch allen klar.
Die Uhr zeigte jetzt genau 20.00 Uhr. Die Zuschauerbänke hatten sich erfreulich gefüllt. Das Konzert musste beginnen, ob mit oder ohne Alex!

Nach einem letzten fast sehnsüchtigen, aber leider vergeblichen Blick zur kleinen Seitentür, nahm Bernadette Winkler ihren Dirigentenplatz ein, nickte Walter Klein zu, der sofort Bescheid wusste und leicht grinsend mit dem Kopf nickte.
Er würde die Solopartie jetzt singen. Jetzt war es endlich wieder so wie vorher, bevor der eingebildete Pinsel erschienen war!
Das Konzert nahm seinen Lauf. Die langen und intensiven Proben machten sich bezahlt und vor allem das Probenwochenende in klösterlicher Abgeschiedenheit, bei dem die letzten Feinheiten eingeschliffen worden waren.
Nur die Mitsänger des Chors merkten die leichten Unsicherheiten Walter Kleins bei der großen Solopartie, die er ja nicht bis zur letzten Perfektion hatte proben müssen.
Der Höhepunkt des Konzerts kam in der Gospelmesse „Kyrie".
Man war nach dem sehr einfühlsamen Glaubensbekenntnis „I believe" und dem rhythmischen „Sanctus" nun beim „Lamb of God" angekommen, dem ‚Filetstück' für gerade diesen Chor, wie Bernadette Winkler immer sagte.
Sehr getragen und mit sehr viel Volumen sang der Chor das auf Englisch besonders wohlklingende „Lamm Gottes", das die Sünden der Welt hinweg nimmt – „Lamb of God, you take away the sins of the world" -, da wurde die kleine Seitentür zur Sakristei mit einer solchen Gewalt aufgestoßen, dass sie gegen die Wand krachte.
Veronika hatte wohl aus verzweifelter Sorge um Alex den Chor verlassen, was außer ihren direkten Nachbarn keiner registriert hatte.

Sie stürzte jetzt völlig aufgelöst herein und schrie in den leisen und sehr getragenen Gesang mit einer sich überschlagenden Stimme „Der Alex ist tot, überall Blut, sein Auto ist voller Blut!"
Der Gesang erstarb schlagartig. Die Köpfe ruckten zu ihr herum. Die ersten Sänger und auch die Zuschauer aus den ersten Bänken setzten sich nach einigen Schrecksekunden zur kleinen Tür in Bewegung.
Aus Veronikas Schreien wurde jetzt allmählich ein hysterisches Stottern.
„Da, da, im Auto. Blut, überall Blut! Es ist furchtbar! Man hat ihn sicher umgebracht!"
Mit der weit ausgestreckten rechten Hand zeigte sie in Richtung Hinterausgang.
Nun hatte die Sensationslust von der Menge Besitz ergriffen und trieb sie weiter voran. Man schob und drängelte, versuchte die Vorderleute zu überholen, um zuerst bei der kleinen Tür zu sein.
Jetzt ertönte Ulrichs durchdringende Bassstimme mit einem energischen:
„Stopp! Alles bleibt stehen. Alles bleibt hier im Kirchenraum."
Er hob seine Hand und allmählich ließ das Durcheinanderschreien etwas nach. Er sagte:
„Johannes, Gerd und ich schauen nach! Einer muss die Ambulanz und die Polizei rufen. Geht zurück, setzt euch alle und lasst uns durch!"
Unter kräftigem Einsatz ihrer Arme arbeiteten sich die Genannten zur Außentür, öffneten diese und verschwanden in der Dunkelheit.
Günter stellte sich vor die Tür, dass nicht doch der eine oder andere der Neugierigen nachdrängen könnte. Er hatte sein Handy eingeschaltet und rief

gerade über die Notrufnummern Rettungswagen und Polizei herbei.
Bald erschien Ulrich wieder. Sein Gesicht war weiß. In die schlagartig einsetzende Stille sagte er mit belegter Stimme:
„Der Alex ist nicht zu finden! An seinem Auto und auch drinnen ist überall Blut!"
Mit Blaulicht und Martinshorn fuhr in diesem Moment der Rettungswagen, gefolgt von einem Streifenwagen der Polizei von der Kurfürstenstraße her auf den kleinen Parkplatz der Christuskirche.
Sie kamen gerade noch früh genug, um die ersten Schaulustigen zurück zu drängen, die aus dem Hauptportal der Kirche an der Reuterstraße und dann um die Kirche herum gelaufen waren, um von der Kurfürstenstraße her auf den kleinen Parkplatz zu gelangen.
Hinter dem Streifenwagen war fast unbemerkt ein Privatwagen mit Hauptkommissar Bertram und seinem Partner, Kommissar Jung, angekommen.
Bertram war gerade erst befördert und sofort mit der Leitung des Kommissariats „M" betraut worden.
Er war als sehr ruhig bekannt und als jemand, der alles auf das Genaueste untersuchte und keine voreiligen Schlüsse zog. Er streifte als erstes die obligaten dünnen Gummihandschuhe über, öffnete Alex' Wagen, leuchtete mit einer starken Handlampe den vermeintlichen Tatort ab, schaute sich ganz genau Lenkrad und Sitz an, dann den Türholmen und die Erde vor der Fahrertür und auch den Wagen von außen.

Auf der von den grellen Scheinwerfern der Einsatzfahrzeuge abgewandten Seite, nahm er sich besonders viel Zeit, ging auch mehrmals in die Hocke.

In gebückter Haltung ging er dann sehr vorsichtig mit der eingeschalteten Lampe einige Schritte auf die Kirche zu, verweilte am Fuß der Steintreppe zur Sakristei, ging wieder zurück zum Auto und dann an diesem vorbei in Richtung auf die Zufahrt des Parkplatzes an der Kurfürstenstraße.

Sein Partner, Kommissar Jung, wich ihm nicht von der Seite.

Nur wenige Worte wurden gewechselt. Ab und zu deutete einer von beiden mit der Hand auf einen Punkt auf dem Boden.

Dann verharrten beide, gingen wieder in die Hocke und setzten schließlich ihren Gang wieder fort.

Während die beiden Kripobeamten konzentriert arbeiteten, riegelten uniformierte Kollegen den Parkplatz sowohl von der Kirche her als auch von der Kurfürstenstraße her ab.

Ein einzelner Polizeibeamter hatte jetzt Günters Rolle an der kleinen Hintertür übernommen, während am Hauptportal mehrere Beamte die Namen und Adressen der Konzertbesucher aufnahmen und sie dann nach Hause entließen.

Auch die Chormitglieder wurden registriert, aber im Gegensatz zum Publikum machte natürlich keiner der Aktiven Anstalten, nach Hause zu fahren.

Alle wollten wissen, was mit Alex passiert war.

Sie standen noch immer unter dem Schock von Veronikas Aufschrei, dass Alex tot sei.

Auch wenn Ulrich Reimer nicht die Existenz einer Leiche bestätigt hatte, das Blut jedoch, von dem Veronika in ihrem Entsetzen gefaselt hatte, hatte auch dieser ja gesehen und bestätigt.
Manche standen noch in kleinen Gruppen in der Nähe der Seitentür und unterhielten sich flüsternd, andere hatten sich auf die vordersten Kirchenbänke gesetzt und starrten vor sich auf den Boden.
Einige schüttelten zum wiederholten Male ungläubig ihren Kopf.
Veronikas Angriff gegen Walter Klein kam so unerwartet, dass keiner ihn verhindern konnte.
Sie war scheinbar ziellos umher gegangen, hatte plötzlich zwei schnelle Schritte zur Seite gemacht und hatte Walter ihre wohlgefüllte Notenmappe mit voller Wucht gegen den Hinterkopf geknallt.
Als der mit einem Schrei herumfuhr, schrie sie ihn wie eine Furie an:
„Du Schwein, was hast du mit ihm gemacht?".
Sie fuhr gleichzeitig fort, mit der Mappe und der freien Hand nach Walter zu schlagen.
Es bedurfte des energischen Zugriffs von fünf Männern aus dem „Bass", um Veronika von Walter wegzuzerren und sie zu bändigen.
„Lass den Unsinn!" herrschte Günter sie an, „noch wissen wir nicht, was überhaupt passiert ist. Wie kommst du denn auf Walter?"
„Dieser Neidhammel war doch zur gleichen Zeit wie Alex vor dem Konzert draußen", stieß sie mit sich überschlagender Stimme heraus.
In das betretene Schweigen sagte Georg nachdenklich: „Das stimmt. Als ich vom Klo kam,

kamen Alex und Walter hintereinander durch die Seitentür in den kleinen Flur."

Nun richteten sich immer mehr Augenpaare auf Walter, die meisten nur neugierig, manche voller aufkeimender Zweifel und einige sogar anklagend.

„Ja, habt ihr denn alle einen Knall? Warum sollte ich denn dem Alex was tun? Ihr seid ja bescheuert!"

„Na ja, er war dir ja schwer im Weg", meldete sich jetzt Gabriele nachdenklich zu Wort und Pia fügte hinzu:

„Er hat dich ja ganz schön als Solist ausgestochen."

„Ja, glaubt Ihr denn, ich bringe wegen der Scheißsingerei jemanden um? So ein Unsinn! Ihr seid mir ja schöne Freunde!"

„Was heißt hier Freunde", ließ sich Wilfried aus dem Hintergrund vernehmen. „Wir mussten doch bisher immer nach Deiner Pfeife tanzen. Ich traue dir schon zu, dass du aus verletztem Stolz den Alex abgemurkst hast, du Angeber!"

Wie von der Tarantel gestochen sprang Walter auf Wilfried zu. Wutentbrannt entfuhr es ihm:

„Du musikalische Null! Du musst gerade die Klappe aufreißen! Du Hungerleider! Du lebst doch nur von den Aufträgen, die du von mir bekommst, sonst wärst du doch schon lange pleite! Du bist ja doch nur im Chor, um dich an mich anzuschleimen. Meinst du, ich hätte das nicht gemerkt, du Pfeife? Doch damit ist jetzt Schluss, darauf kannst du dich verlassen!"

Er riss die Fäuste hoch und wollte sich gerade auf Wilfried stürzen, als zwei Dinge fast gleichzeitig passierten.

Zum einen schob Bernadette Winkler sich zwischen die beiden Kampfhähne und schlang plötzlich ihre Arme um Walters Hals:
„Walter, sei vernünftig! Natürlich weiß jeder, dass du dem Alex nichts getan hast! Die Ungewissheit macht nur alle kirre. Unsere Nerven liegen blank!"
Zur gleichen Zeit ertönte die sonore Stimme von Hauptkommissar Bertram von der Tür zum Seitengang her, durch die er und sein Partner während des immer wilderen Wortwechsels unbemerkt eingetreten waren.
„Hier hat keiner irgendjemandem etwas getan", meinte er lakonisch, die letzten Worte von Bernadette Winkler aufgreifend.
„Es ist nur ein eigenartiger Unfall passiert, der aber wohl noch einmal glimpflich ausgegangen ist. Nehmen Sie bitte Platz, dann werde ich es Ihnen erklären!"
Die Sänger und auch einige Zuschauer, meistens Verwandte verschiedener Chormitglieder, gingen zu den Bänken und nahmen erwartungsvoll Platz.
„Als erstes kann ich alle beruhigen, Herr Berger lebt!", begann der Kriminalbeamte mit ruhiger Stimme seine Erklärung.
„Er ist im Elisabeth-Krankenhaus, hier nur einige Straßen weiter. Herr Berger wollte kurz vor dem Konzert noch einmal zu seinem Auto gehen, weil ihm eingefallen war, dass er vergessen hatte, sein Handy auszuschalten. Er ist auf der steilen, kaum beleuchteten Treppe zur Sakristei gestrauchelt, ist nach vorne gefallen und mit dem Kopf auf die Stoßstange des Pkws des Organisten aufgeschlagen, der - wie immer - dicht an der Treppe geparkt war. Er hat sich neben diversen

Hautabschürfungen eine tiefe, stark blutende Platzwunde an der Stirn zugezogen und wahrscheinlich eine Gehirnerschütterung. Er konnte sich noch zu seinem Auto schleppen, es mit der Fernbedienung öffnen und mit dem Gott sei Dank noch eingeschalteten Handy einen Rettungswagen rufen.

Alles dies ist mittlerweile sowohl vom Fahrer des Rettungswagens, als auch von Herrn Berger selber bestätigt worden.

Herr Berger hat übrigens auch ausdrücklich bestätigt, dass er gestrauchelt ist und dass da niemand „nachgeholfen" hat". Ich würde doch empfehlen, mit Aussagen in Richtung Mord und Totschlag äußerst vorsichtig zu sein!"

Mit diesen scharfen und vorwurfsvollen Worten, drehte er sich um und ließ die ziemlich betreten dreinblickende Gesellschaft einfach stehen.

Bernadette Winkler, die Chorleiterin, fand als erste ihre Stimme wieder.

„Na Gott sei Dank, ich wusste doch, dass nichts Ernstes passiert ist!

„Es sah aber auch zu fürchterlich aus. Das ganze Blut im und am Auto!", brummte Ulrich vor sich hin. „Ich glaube, da ist bei einigen die Fantasie durchgegangen! Ihr seht zu viele Krimis im Fernsehen", wollte Günter die Stimmung mit einem kleinen Scherz auflockern. Doch nur wenige grinsten, die meisten schauten betreten vor sich hin. Manch einer war jetzt heilfroh, den auch bei ihm aufkeimenden Argwohn gegen Walter Klein nicht ausgesprochen und sich nicht ebenfalls als Ankläger aufgespielt zu haben. Fast alle quälte die bange Frage, was aus dem Chor nun würde, der

vor diesem Ereignis für die meisten ihr ein und alles war. War die Liebe zum gemeinsamen Musizieren stark genug, den Chor zusammen zu halten?
Die flapsige Bemerkung von Walter Klein, bevor er nach einer Weile mit seinem schicken Mercedes 500 SLC allein davon rauschte, ließ bei einigen eine kleine Hoffnung aufkeimen:
„Von einem solchen Quatsch lassen wir uns doch nicht unterkriegen, nicht wahr?"
Er hatte freundlich in die Runde geblickt und besonders Bernadette lächelnd zugenickt.
Wilfried und Veronika hatten allerdings mit Unbehagen seine stahlblauen Augen registriert, die sich verengten, als er sie beide im Vorbeirollen angesehen hatte. Würde da noch etwas nachkommen, fragten sich beide?

+++++

Gnadenlos gejagt

Das Unwetter hatte mich voll erwischt. Ich war auf dem Rückweg aus dem südtiroler Arntal über das Umbralkees ins osttiroler Umbraltal gegangen, durch das ich über Bichl nach Prägraten wollte.

Der Wind peitschte mir den kalten Regen ins Gesicht, teilweise mischten sich sogar Schneeflocken hinein, obwohl es mitten im Sommer war. Die Sicht war folgerichtig äußerst schlecht. Weiter zu gehen war nicht ratsam, weil die Dämmerung durch die bedrohlich schwarzen Wolken früher als normal heraufgezogen war. Wege und Stege wurden äußerst schlüpfrig und ich war trotz bester Bekleidung mit der hoch gelobten Goretex Membrane völlig durchnässt und folglich durchgefroren. Also entschloss ich mich, über Nacht in der nahen Clarahütte zu bleiben.

Der Wirt, ein alter Bergfex, dem man nicht nur gewagte Besteigungen exponierter Wände, sondern auch so manchen Schmuggelgang zuschrieb, früher, als es sich noch lohnte, begrüßte mich wie einen alten Bekannten, war ich doch in den vergangenen Urlauben auf meinen Touren zur Rotspitze, zum Hohen Kreuz und zur Totenkarspitze oft bei ihm eingekehrt.

Ohne zu fragen, hatte Sepp mir einen recht „steifen" Jagertee ausgeschenkt und auch einen „Germknödel" mit viel Vanillesauce zubereitet, wie ich ihn am liebsten esse.

Und weil außer ein paar Wanderern, die auch über Nacht bleiben würden, alle anderen Besucher schon lange abgestiegen waren, servierte er uns allen noch einen Schoppen seines süffigen Rotweins, bediente sich selber auch großzügig und setzte sich zu uns an den Tisch am

flackernden Kamin, in den er vorsorglich noch einige große Holzscheite nachlegte.
Weil ich wusste, das Sepp, Hüttenwirt aus Passion und mit seinen 70 Lenzen immer noch überragender Bergführer, für sein Leben gern Geschichten aus seinem wilden Leben, von seinen Bergabenteuern und natürlich auch von seinen Schmuggelgängen über die nahe italienische Grenze erzählte, lenkte ich mit meiner Schilderung des unbemerkten und völlig gefahrlosen Grenzübertritts von Italien nach Österreich auf meiner heutigen Tour das Gespräch auf die Zeit, wo es noch Polizei- und Zollstreifen gab, denen man wohl nur mit Einfallsreichtum und äußerstem Wagemut hatte entgehen können.
Mit dieser Steilvorlage für den großen Erzähler erhoffte ich mir, neues Material für eine spannende Kurzgeschichte zu bekommen oder sogar Anregungen für einen Bergroman, den ich unbedingt endlich einmal schreiben wollte.
Die Geschichte, die wir dann hörten, war allerdings völlig anders als erwartet. Sie führte uns in die Hungerzeit nach dem Zweiten Weltkrieg. Die Gebiete im Grenzbereich waren fast ohne Versorgung, das Vieh war „für die Ernährung des Volkes" in der „glorreichen braunen Zeit" enteignet worden, die Felder lagen brach, weil die Bauern hatten Soldaten werden müssen und aus „Pflugscharen Schwerter". Viele der Männer waren nicht wieder gekommen, oder einige nur als Krüppel, und die Wenigen, die - äußerlich unversehrt - ihre Felder wieder hätten bestellen können, hatten kein Saatgut für einen Neuanfang gehabt.

Sepp war zu dieser Zeit gerade 16 Jahre alt, war in den letzten Kriegsmonaten der Rekrutierung in den „Volkssturm", dem letzten Trumpf des Führers für den Endsieg, nur entgangen, weil er sich damals schon besser in den Bergen auskannte, als die Leute, die ihm eine Uniform verpassen wollten.

Er hatte in Heuschobern und entlegenen Berghütten gelebt, hatte sich von Beeren und Kleintieren, die er mit der Schlinge fing, mehr schlecht als recht ernährt, war aber trotzdem erst wieder ins Dorf gekommen, als der braune Spuk vorbei war.

Dies alles erfuhren wir so nebenbei, praktisch als Einführung in die unglaubliche Geschichte, die er erzählen wollte.

Der Regen prasselte immer noch auf das Dach der Hütte, der Wind hatte sogar noch einmal aufgefrischt, sauste ums Haus, rappelte an den Fensterläden, als ob er eingelassen werden wollte, und nach einem neuerlichen Schluck Wein begann Sepp mit seiner Erzählung.

Seine Augen waren starr auf das Feuer gerichtet. Im Geiste war er wieder zurückgekehrt in die schlimme Hungerzeit nach dem Krieg.

„Die Versorgungslage im Dorf war katastrophal als ich aus den Bergen zurückkehrte, nachdem die letzte deutsche Einheit abgezogen war. Sie hatten beim Abmarsch noch einmal so richtig geplündert und alles weggeschleppt, was essbar war, auch das wenige Kleinvieh wie Hühner und Karnickel.

Bei Frauen und Kindern und auch bei den wenigen Alten, die noch übrig geblieben waren, sah man

deutlich, dass sie nicht mehr lange würden durchhalten können. Bald würden die Ersten vor Hunger sterben. Wir hatten effektiv nichts mehr zu essen!
Nach kurzer Zeit konnte ich nicht mehr tatenlos zusehen. Die Blicke der großen traurigen Augen der Kinder und der Frauen waren nicht länger zu ertragen. Es musste etwas geschehen.
Ich bin dann zum Häuschen meines Vaters gegangen, einem der „Glücklichen", der ohne äußere Verwundung aus dem Krieg zurück gekommen war, jetzt allerdings auch unter Mangelernährung litt, selber krank gewesen war und nach einer Lungenentzündung lange gebraucht hatte, sich wieder zu erholen, und hatte mit ihm überlegt, wie wir Nahrungsmittel herbeischaffen könnten.
< Wir müssen über den Berg zu den Welschen >, sagte ich eindringlich! < Die haben auf ihren Höfen immer noch Vorräte, die sind ja nicht ausgeplündert worden, weil sie rechtzeitig die Fronten gewechselt hatten. Dort können wir mit unserem letzten Geld Lebensmittel einkaufen oder gegen unsere letzten Wertgegenstände eintauschen. Notfalls müssen wir auch stehlen! >
Der Vater hat nach einigem Nachdenken zugestimmt. Aus einem Verschlag unter der Treppe holte er zwei große alte Tragerucksäcke hervor, die er dort wohl genau für den Zweck deponiert hatte.
Wie er später zugab, hatte er diesen „Beutezug ins Welschland" schon länger geplant, ihn aber wegen seiner Krankheit aufschieben müssen.

Er hat sich dann von der Mutter verabschiedet, während ich noch schnell ins Dorf zu meiner Gabi gelaufen bin, und dann sind wir losgezogen, begleitet von hoffnungsvollen Zurufen unserer Leute.

Die Nacht war mondlos und so verlief der Grenzübertritt problemlos und beim Grauen des nächsten Tags waren wir schon im ersten Dorf.

Wir haben dann bei den Welschen eingekauft und eingetauscht, im ersten und in einigen anderen Dörfern, und natürlich auch gestohlen, als das Geld alle war und auch nichts mehr zum Tauschen da war. Am Mittag des dritten Tages waren unsere Rucksäcke gut gefüllt.

Den Rest des Tages haben wir uns in einer Feldscheune versteckt, weil wir nicht gewagt haben, bei Tageslicht mit unseren übervollen Rucksäcken in Richtung Grenze aufzusteigen.

Und unsere Vorsicht hat sich bezahlt gemacht. Wir haben den Hinterhalt frühzeitig bemerkt, obwohl die Stelle nicht schlecht gewählt war oben im Gebirge.

Die Carabinieri hatten sich hinter einem Sattel versteckt, den der schmale Pfad zurück in Richtung Grenze querte. Sie wollten uns mit unserer schweren Fracht in dem Augenblick stellen und verhaften, wenn wir die letzten Schritte hoch zum kleinen Plateau gemacht hatten, welches wir überqueren mussten. Sie hatten sich ausgerechnet, dass wir, erschöpft vom langen und zum Schluss äußerst steilen Aufstieg, nicht mehr reaktionsschnell genug sein würden für eine Gegenwehr.

Und doch hatten die in den Bergen wenig erfahrenen Polizisten nicht alles bedacht. Vor dem heraufziehenden Grau des neuen Tags zeichneten sich die Konturen des Sattels, hinter dem das kleine Plateau lag, als schwarzer Strich gegen den schon etwas helleren Himmel sehr scharf ab, sodass wir die Umrisse von typischen Uniformmützen, die sich teilweise sogar noch bewegten hinter der Kuppe, beim Näherkommen bemerkten.

Der Vater, der sehr vorsichtig und hochkonzentriert vorausging, sah auch das kurze Aufglimmen einer Zigarette bei einem etwas zu lässigen Ordnungshüter und roch mit seiner empfindlichen Nase sogar den Zigarettenqualm, den der Wind auf uns zu blies.

Wir gingen sofort in die Knie, verließen äußerst vorsichtig den Pfad und krabbelten auf allen Vieren quer zum Hang von der Gefahr weg. Wir krallten uns am flachen Geflecht der Latschenkiefer fest, an dicken Grasbüscheln, am Erika und den spärlich wachsenden Ginstern, wie es gerade kam. Das ging eine erfreulich lange Zeit gut.

Irgendwer oben muss dann wohl doch einen erwartungsvollen Blick nach unten riskiert haben, denn plötzlich hörten wir laute Flüche auf Italienisch. Sie hatten gemerkt, dass wir verschwunden waren.

Die Leute der Patrouille teilten sich auf. Einige Schritte entfernten sich schnell, andere kamen oben auf dem Kamm auf uns zu.

Jetzt galt es, alles zu wagen, die „Beine in die Hand" zu nehmen, wie der Teufel zum Plateau hoch zu springen und dann in Richtung Grenze

talabwärts zu rennen, als wenn der Leibhaftige hinter uns her wäre.
Und in der Tat kamen wir im Zwielicht des neuen Tages ungesehen die paar Meter den Hang hoch, mit ein paar vorsichtigen Sprüngen über das kleine Plateau, und wir waren schon 20 bis 30 Meter den Hang hinunter zwischen Büsche und junge Bäume gelangt, bevor wir gesehen wurden.
Die ersten Kugeln klatschten unangenehm nah durch die Blätter der Bäume und Büsche, sodass wir uns am liebsten jedes Mal hätten fallen lassen. Aber wir mussten weiter! Wir liefen und liefen. Unsere Beine hatten bald ein Eigenleben. Sie bewegten sich instinktiv und voller Panik weiter, ohne Rücksicht darauf zu nehmen, dass die Lungen kaum noch Luft bekamen.
Und als wir vor Überanstrengung dann fast nur noch torkelten, sahen wir plötzlich eine Blockhütte aus dicken Baumstämmen, die sich unter die gewaltigen Äste zweier riesiger Kiefern duckte, als ob sie sich verstecken wollte. Wir liefen natürlich sofort auf sie zu. Fünf Holzstufen führten zu einer dicken Bohlentür, die halb offen stand und etwas schief in den Angeln hing.

    Ich war natürlich etwas schneller, als der Vater, sprang, trotz meiner Last, mit einem Satz oben zur Tür. Mit letzter Kraft nahm der Vater hinter mir die ersten zwei Stufen und dann, ausgerechnet dicht vor der vorläufigen Rettung, fing er sich eine Kugel ein.
Er schrie plötzlich auf und wurde von der Wucht des Geschosses gegen die Wand geschleudert, wo er zusammensackte. Nur mit Mühe konnte ich ihn mit dem Achselgriff die weiteren Stufen hoch in

die Hütte zerren und ihn dort auf den Boden legen. Dann warf ich schnell die Tür zu und haute mit den Fäusten hastig die beiden Riegel oben und unten in die eisernen Halterungen in der Wand.

Die Hütte war unbewohnt, wurde offensichtlich nur als Lagerraum für allerlei Gerät für die Waldarbeit und als Unterstellmöglichkeit für die Waldarbeiter genutzt. An langen Zimmermannsnägeln hing allerlei Werkzeug.

Der Fußboden war mit Staub und Blättern bedeckt, die der Wind durch den offenen Spalt hineingeweht hatte. Sie machte einen total verwahrlosten Eindruck. Aber für uns war dieses Drecksloch jetzt zuerst einmal der Himmel auf Erden.

Als ich etwas zu Atem gekommen war und wieder einigermaßen klar denken konnte, musste ich mir eingestehen, unsere Gegner völlig unterschätzt zu haben. Wer hätte den sonst äußerst umständlichen und behäbigen Carabinieri auch zugetraut, dass sie ausgerechnet hier eine Falle stellten und uns so konsequent verfolgten? Was würde weiter werden?

Von unseren Leuten unten im Dorf war wohl kaum Hilfe zu erwarten, das war klar. Die hatten nicht mehr die Kraft, hier herauf zu kommen, um uns „raus zu hauen".

Wieder ein scharfer Knall und wieder ließ uns dieses Klatschen zusammenzucken. Dass die Wand durchschlagen würde, war unwahrscheinlich und auch, dass die Angreifer uns unbedingt töten wollten. Aber sie wollten uns dingfest machen, koste es was es wolle. Sie wollten den Schmuggel austrocknen, weil sie natürlich wussten, dass auch auf ihrer Seite der Grenze die Vorräte knapper wurden. Und die Schützen schienen näher zu kommen.

Der Vater saß schweigend neben mir, aus einer hässlichen Wunde unterhalb des rechten Schulterblattes blutend. Seine Kraft und auch sein Bewusstsein schwanden offensichtlich von Minute zu Minute.

´In welchen Schlamassel sind wir nur hineingeraten´, dachte ich verzweifelt.

Mit steigender Panik starrte ich auf den immer größer werdenden, sattroten Fleck an der Schulter des Vaters. Ich konnte nur hilflos zuschauen, wie das Leben aus diesem so tapferen Menschen herauslief. Er hätte dieses gefährliche Unternehmen überhaupt nicht mitmachen dürfen, weil er nach seiner Rückkehr aus dem Krieg und seiner Lungenentzündung sowieso noch nicht ganz auf dem Damm war. Doch ich hatte ihn gedrängt, weil das Leiden der Frauen und Kinder immer größer wurde.

Ich hatte den Verletzten nach dem Verriegeln der Tür mit dem Rücken gegen einen gusseisernen Ofen gesetzt, den die Waldarbeiter wohl nutzten, um sich Essen zu kochen und um sich zu wärmen, und der mit seinen seitlichen Eisenplatten uns noch zusätzlichen Schutz bot.

Beim Aufrichten des Verletzten hatte ich zu meinem Entsetzen gesehen, dass es keine Austrittswunde im Rücken gab. Die Kugel steckte also noch irgendwo in der Schulter! Sehr schlecht!

Mit meinem Unterhemd, das ich kurzerhand aufgeschnitten und mir dann vom Leib gerissen hatte, hatte ich die Blutung stillen wollen. Eine blöde

Idee, völlig unmöglich! Der Fetzen war im Nu blutgetränkt.
Trotzdem hatte ich ihn auf der Wunde gelassen, um den Blutfluss wenigstens etwas zu reduzieren. Der Verletzte wurde zusehends schwächer.
Ich setzte mich jetzt neben den Vater auf den Fußboden und lehnte mich auch mit dem Rücken gegen den Ofen. Völlig fertig und unendlich müde, suchte ich fieberhaft nach einer Lösung.
´Ich muss wach bleiben und einen Ausweg finden, möglichst schnell, sonst stirbt der arme Kerl hier neben mir´!
Mein Kopf fiel nach hinten gegen die Seitenplatten des Herdes. Es gab einen dumpfen Knall, doch ich spürte keine Schmerzen. Meinen Blick zur Decke gerichtet, verharrte ich so eine geraume Zeit, die Augen immer weit aufgerissen, weil ich mir ja befohlen hatte, wach zu bleiben. Immer wieder verschwammen vor meinem starren Blick die unregelmäßig geschwungenen Linien der Maserungen in den ungehobelten Brettern der Deckenverkleidung. Meine Gedanken drifteten ab und meine Augen drohten zuzufallen.
Plötzlich schrak ich hoch, zog wieder instinktiv den Kopf ein, weil zwei Kugeln fast zur gleichen Zeit mit unangenehmem Klatschen eingeschlagen waren, dieses Mal dicht an der Fensteröffnung. Ein paar Glasscherben fielen scheppernd zu Boden.
´Ist es nicht an der Zeit, sich zu ergeben´, dachte ich jetzt. Dann würden wir zwar abgeführt, aber der Verletzte würde auch zu einem Arzt geschafft werden.

Doch dann fiel mir wieder ein, dass auch die Lebensmittel dann verloren wären, auf die viele hungrige Mäuler warteten.

Wir würden wohl irgendwie durchhalten müssen und auf ein Wunder hoffen. Vielleicht kämen die Leute aus dem Dorf ja doch zu unserer Rettung hier herauf.

Wieder peitschte ein Schuss, traf dieses Mal irgendwo auf Metall, sirrte als Querschläger durch die zerschossenen Fensterscheiben und schlug in die gegenüber liegende Wand ein. Obwohl ich den Eisenofen in meinem Rücken wusste, warf ich mich doch instinktiv auf den Boden und kam so - im Augenblick der höchsten Gefahr - plötzlich zur rettenden Entdeckung.

Im Fallen war ich nämlich mit meiner Schulter überaus schmerzhaft gegen die Kante einer schweren Eckbank geknallt und hatte diese etwas verschoben. Ich fluchte laut und rieb mir die Schulter, die höllisch schmerzte, denn die Bank war aus massiven Eichenbohlen gezimmert.

Als ich mich etwas erholt hatte und mich wieder aufsetzen wollte, bemerkte ich im Fußboden einen Spalt zwischen den groben Feder- und Nutbrettern. Eigenartig! Bei genauerem Hinsehen entdeckte ich zu meinem Erstaunen, dass die Bretter sich hier nicht etwa nur verzogen hatten und gerissen waren, wie ich zuerst angenommen hatte, sondern dass hier eine Klappe in den Boden eingearbeitet war. Mit einiger Mühe schob ich die schwere Bank daraufhin weiter aus der Ecke und fand plötzlich den plan eingelassenen metallenen Ring zum Öffnen der Klappe. Ob das wohl alles noch funktionierte? Ich rief ganz euphorisch:

< Jetzt bringe ich uns hier raus, Vater. Hier ist eine Falltür! Halte noch etwas durch! >
Der Verletzte sah mich mit glasigen Augen an, nickte aber, hatte also verstanden. Ich kniete mich jetzt vor die Klappe und zog an dem Ring. Nichts bewegte sich.
< Das verdammte Holz ist wahrscheinlich aufgequollen! Da rührt sich gar nichts >, sagte ich mehr zu mir selber.
Um mehr Kraft anwenden und voll aus dem ganzen Rücken ziehen zu können, stellte ich mich daraufhin gebückt hin.
Ich zog jetzt mit beiden Händen so kräftig ich konnte. Nichts!
< Vielleicht musst du den Griff in die eine oder andere Richtung drehen, damit ein Schnäpper ausrastet! >, kam eine schwache Stimme von hinten.
Vater war also wach und dachte mit. Die Aussicht auf Rettung hatte ihm wieder etwas Kraft gegeben.
Ich schob jetzt wieder die schon schmerzenden Finger beider Hände übereinander gelegt durch den Ring und drehte ihn. Zuerst im Uhrzeigersinn – nichts! Jetzt nach links. Zuerst dachte ich schon, auch das sei vergebens, doch da fühlte ich plötzlich ein leichtes Rucken in den Händen. Ich drehte jetzt schnell wieder in die Ausgangsstellung zurück und dann wieder mit aller Kraft nach links.
Ja! Jetzt konnte ich den Ring weiter drehen als bisher, und am Anschlag zog ich mit letzter Kraft nach oben. Einmal, zweimal. Nichts!
Ich wartete einen Augenblick, atmete mehrmals stoßartig ein und aus, blies auf meine schmerzenden Finger, rieb sie aneinander. Dann

drehte ich ein drittes Mal, vor Schmerzen aufstöhnend, an dem Ring und zerrte ihn gleichzeitig nach oben.

Plötzlich gab es ein schabendes, dann ein schmatzendes und schließlich ein knarrendes Geräusch. Die Hölzer glitten aneinander vorbei, der Deckel hob sich langsam in den rostigen Scharnieren.

< Papa, das Ding ist auf! Ich krieche kurz hinunter, um zu sehen, wohin uns das führt >, rief ich dem Verletzten zu.

< Vorsicht Junge! Vielleicht können die unter die Hütte sehen und schießen dann auf dich! >

< Das muss ich einfach riskieren! >

Ich setzte mich auf den Rand der etwa 80 x 80 cm großen Öffnung und ließ meine Beine hinunter baumeln. Keine Grundberührung!

Daraufhin ging ich in den Unterarmstütz und schließlich in den Achselhang hinab. Jetzt, so glaubte ich, mit weit nach unten gestreckten Zehen, Bodenberührung zu haben.

< Ich glaube, ich kann den Boden fühlen! Ich lasse mich jetzt einfach hinunter fallen. Es kann nicht tief sein. Ich bin sofort wieder da! >

Ich atmete noch mehrmals kräftig durch und ließ mich dann fallen.

Der Gang war höchstens 1,20 m bis 1.30 m hoch und sein Boden war mit knöcheltiefem Sand bedeckt, in dem ich weich landete.

Es war zuerst stockfinster. Der Kriechkeller unter der Hütte war also geschlossen, von außen nicht einsehbar. Sie stand also nicht nur auf Pfeilern, wie wir befürchtet hatten.

Als ich mich nach wenigen Augenblicken an die Dunkelheit gewöhnt hatte, sah ich einen Lichtschimmer auf der Talseite. Hoffnungsvoll kroch ich auf dieses diffuse Licht zu, stieß aber nach wenigen Metern an eine Wand.
Ich wollte schon fluchend umkehren, als ich plötzlich bemerkte, dass zwischen den aus schweren Holzbalken bestehenden Tragpfeilern der Hütte Ziegelsteine in dichten Reihen aufgestapelt waren. Sie waren nicht gemauert, sondern nur aufeinander geschichtet. Es gab keine Mörtelfugen. Und durch die Ritzen zwischen den Steinen fiel das Licht herein, das ich sehen konnte.
Schon beim ersten Versuch konnte ich mit wenig Kraftaufwand diverse Steine der obersten Reihen nach außen drücken. Polternd fielen sie draußen auf steinigen Grund.
Schnell kroch ich zurück, streckte meinen Kopf aus der Öffnung und flüsterte Vater meine Entdeckung zu.
< Ich glaube, ich habe einen Rettungsweg gefunden! Ich bin in ein paar Minuten wieder da! Halte durch! >
Wieder kroch ich, so schnell es ging, auf allen Vieren zur Wand.
Die nächsten Reihen waren schnell nach außen gestoßen und in wenigen Minuten konnte ich schon hinaus klettern.
Und dann sah ich mit Erschrecken unsere einzige Fluchtmöglichkeit.
Ein sehr steiler Pfad verlief vom Haus fast senkrecht den Hang hinunter. Für Esel und Ziegen war er sicher gefahrlos, für Menschen aber fast

nicht zu bewältigen, schon gar nicht für jemanden mit einer schweren Verletzung.

Es nützte aber kein Zaudern, wir mussten weg! Schnell kroch ich wieder zur Luke. Als ich vorsichtig meinen Kopf durch die Öffnung streckte, hörte ich ein verdächtiges Kratzen außen an der Tür, als ob sich jemand am Schloss zu schaffen machte.

Vater hatte das wohl auch gehört und war schon bis zur Falltür gekrochen. Jetzt rutschte er einfach durch die Öffnung, ließ sich nach unten gleiten und fiel aufstöhnend auf die Knie.

Ich ließ ihn für einen Augenblick in dieser Stellung, sprang in der Öffnung hoch, zog zuerst die Rucksäcke und dann beim zweiten Sprung mit einiger Mühe die Falltür wieder herunter.

Meine Hoffnung dabei war, dass die Carabinieri zuerst einmal verwundert sein würden, die Hütte leer vorzufinden. Sie würden zuerst die mit frischem Blut durchtränkten Lappen und die Blutflecken auf dem Boden sehen und im ersten Moment sich nicht erklären können, wohin wir verschwunden waren. Es würden so hoffentlich einige Sekunden oder gar Minuten vergehen, bis sie den Fluchtweg entdeckten.

Dann mussten wir schon möglichst weit weg sein, und zwar möglichst wie vom Erdboden verschluckt.

Dass ich mit diesem Bild gar nicht so falsch lag, erlebte ich schon nach wenigen Metern des Abstiegs auf dem steilen Ziegenpfad.

Vater, der eigentlich viel zu schwach zum Gehen war, torkelte mehr als dass er ging den Pfad hinunter, der mit ausgewaschenen Steinen und

dicken Wurzeln übersät war. Es war unmöglich, neben ihm zu gehen und ihn zu stützen, wie ich zuerst versucht hatte. Dazu war der Pfad zu schmal.
Und dann passierte es auch schon. Der Schwerverletzte machte an einer besonders steilen und rutschigen Stelle plötzlich einige sehr schnelle Schritte, weil er sein eigenes Gewicht nicht mehr abbremsen konnte, stieß gegen einen Stein oder eine Wurzel und flog kopfüber den Hang hinunter.
Instinktiv machte er dabei eine Flugrolle wie beim Bodenturnen und landete zu seinem großen Glück mit dem Rücken in einem Blätterhaufen, den der Wind hier gegen einen großen Strauch zusammengeweht hatte.
Alles ging so schnell, dass der Fallende noch nicht einmal Zeit für einen Schreckensschrei hatte. Nur ein dumpfes Stöhnen kam ihm über die Lippen, als der Fall abrupt in den Blättern gestoppt wurde.
Der Schreck ließ mich einen Moment zur Salzsäule erstarren, doch dann sprang auch ich in mehreren halsbrecherischen Sätzen hinunter, ohne Rücksicht auf meine Knochen zu nehmen.
Ich befürchtete das Schlimmste.
Zu meiner Erleichterung hob der Verletzte aber sogar den Kopf, als ich neben ihm kniete und meinte in einem Anflug von Ironie:
< Die Blätter waren wunderbar weich! Das war ein schöner Flug! Mir ist nichts passiert! Komm, wir müssen weiter! >
Ich starrte ihn wie ein Mondkalb ungläubig an, und er musste seine Aufforderung noch einmal wiederholen, bevor ich mich endlich rührte.

< Los, Junge, halt keine Maulaffen feil, wir müssen weg, bevor die merken, wohin wir verschwunden sind! >, kam die erstaunlich forsche Stimme aus dem Blätterhaufen.
Schnell streckte ich jetzt eine Hand aus, und bald stand er auch wieder auf seinen staksigen Beinen.
< Ich geh´ jetzt vor dir, damit du nicht wieder so einen Salto schlägst. Stütz dich mit einer Hand auf meine Schulter! Wenn du nicht mehr kannst, hältst du mich einfach zurück. Auf geht`s! >
Dass wir wirklich dort ohne neuerliche Stürze hinunter kamen, sogar ohne jedwede Verletzung, grenzte schon an ein Wunder, besonders weil ich die schweren Rucksäcke mitschleppte, einen auf dem Rücken und einen vor die Brust geschnallt. Wir rutschten, stolperten, fingen uns wieder, machten kleine Verschnaufpausen und lagen irgendwann dann nach gefühlten unendlichen Stunden, die in Wirklichkeit nur wenige Minuten gedauert hatten, völlig erschöpft und schwer atmend zwischen den letzten Bäumen des Berghangs auf sattgrünem, weichem Gras.
Von den Verfolgern hatten wir nichts mehr gehört, weder Rufen noch Schüsse.
< Ob die wirklich so doof sind und unsere Ausstiegsluke nicht gefunden haben? >, meinte der Verletzte hoffnungsvoll.
Doch da war ich eher skeptisch.
< Vielleicht haben sie ganz schnell gemerkt, dass die Verfolgung in diesem vermaledeiten Steilhang wenig Sinn gemacht hätte. Sie wussten ja auch nicht, ob unsere Männer nicht doch vielleicht auf uns warteten und uns verteidigt hätten. Für dieses Mal haben sie vielleicht aufgegeben. Sie wissen ja

genau, dass wir wieder über den Berg kommen müssen. Mit der Füllung dieser beiden Rucksäcke ist es ja nicht getan! >

Nur widerwillig und äußerst mühsam rappelten wir uns nach einigen Verschnaufminuten aus dem herrlich weichen, moosigen Gras wieder auf und wankten im Schneckentempo dicht am Waldrand entlang auf das Dorf zu. Es war nur etwa einen guten Kilometer entfernt, schätzten wir, doch der zog sich unendlich.

Plötzlich glaubten wir, ganz entfernt Stimmen zu hören. Es war mehr ein Murmeln. Dann herrschte wieder absolute Stille. Hatten unsere Sinne uns getäuscht?

Im nächsten Augenblick waren die Stimmen wieder da, lauter diesmal, also näher als vorher. Ich schleppte den Verwundeten schnell noch etwas tiefer zwischen die Bäume in das mit dichtem Farn durchsetzte Unterholz.

Vielleicht waren ja die Polizisten doch über die Grenze gekommen, um uns endlich dingfest zu machen?

Da, wieder Stimmen! Diesmal genau vor uns. Wir duckten uns noch tiefer unter die breiten Farnwedel. Man kann kaum die Erleichterung beschreiben, als wir merkten, dass die Entgegenkommenden Deutsch sprachen. Es waren also die eigenen Leute!

Wir machten uns zuerst vorsichtig und dann immer lauter bemerkbar, und als wir sahen, dass die Leute mit freudigen Ausrufen durchs Unterholz auf uns zu liefen, brachen wir beide in Tränen der Erleichterung aus.

Man umarmte uns stürmisch, Den Verletzten nahmen zwei Männer zwischen sich, zwei andere nahmen die Rucksäcke und dann ging es dem Dorf zu, wo alle in heilloser Aufregung waren, weil man die Schüsse gehört hatte.
Eigentlich hatte man uns schon aufgegeben, doch wir hatten es geschafft! Man herzte und küsste uns, besonders Mama und Gabi waren außer sich vor Freude. Und die Freude war umso größer, als man sah, dass der Inhalt der Rucksäcke gerettet war.
Dieses Mal waren wir noch einmal davon gekommen, doch es würde immer schwerer werden, jetzt, wo zumindest dieser Schleichweg bekannt war.
Auch wir strahlten natürlich jetzt, als wir die glänzenden Augen der Frauen und Kinder sahen. Das war das Wichtigste. Alle Gefahr hatte sich also gelohnt. Die Lebensmittel wurden verteilt, jeder hatte jetzt für mehrere Tage genug zu essen und wieder etwas Vertrauen in die Zukunft. Und wir waren ja sicher, den Feind auch in Zukunft wieder übertölpeln zu können. Es würde sich schon ein Weg finden!"

+++

Die Akten der Teufel

Schon als er den Hörer abhob und die aufgeregt flüsternde Stimme seiner Frau hörte, war ihm klar, dass die Gangster wieder etwas unternommen hatten. Ihr Flüstern war zuerst kaum zu verstehen.
< Da sind irgendwelche dunklen Gestalten auf dem Grundstück! Sie schleichen herum, wollen sicher ins Haus! Wann kannst du hier sein? Fahr sofort los! >
< Hast du schon die Polizei angerufen? >
Als Antwort flüsterte sie nur:
< Vor einer halben Stunde rief jemand an und hat nach dir gefragt. Als ich ihm sagte, du wärst nicht da, hat er mit ganz zorniger Stimme gedroht, dass sie dann wohl die „Karte" holen kommen müssten. Weißt du, was die meinen? Beeil dich, vielleicht ist es noch nicht zu spät! >

Dann gab es einen fürchterlichen Knall, wenige Sekunden später noch einen, dann ein lautes Klirren und Scheppern von Glas, und dann war das Telefon plötzlich stumm.

Wie von der Tarantel gestochen sprang er auf, stürmte zu seinem Wagen. Tür aufreißen und hineinspringen war fast eins, wobei er sich an der Türsäule schmerzhaft den Kopf stieß. Dann raste er auch schon los, mit aufheulendem Motor und durchdrehenden Rädern, in der wilden Hoffnung, noch rechtzeitig zu kommen.

Mit seinem schweren Wagen jagte er mit quietschenden Reifen durch die scharfe Kurve aus der Stadt auf die steil ansteigende Serpentine zu, die zum Bergplateau hoch führt, wo ihr Haus in einem kleinen Dorf stand.

Unbarmherzig trat er das Gaspedal bis zum Anschlag durch.

„Verdammte lahme Kiste!", murmelte er dabei immer wütender.
Der Sechszylinder schoss mit wahnwitziger Geschwindigkeit auf die nächste Haarnadelkurve zu. Rücksichtslos wechselte er die Spur, riss den Wagen nach innen, auf die Gegenspur, nur um den Weg einige Meter abzukürzen.
Die Hinterräder brachen aus. Durch erneutes brutales Gasgeben brachte er ihn aber wieder in die Spur.
Auf Verkehrsregeln konnte er jetzt keine Rücksicht nehmen. Er verschwendete keinen Gedanken daran, dass ihm eventuell jemand entgegen kommen könnte.
Leicht vorgebeugt, seinen Kopf zwischen die Schultern gezogen, beide Hände um das Lenkrad gekrallt, so saß er da in allerhöchster Konzentration. Nach dem Schalten klatschte die rechte Hand jeweils sofort wieder zurück ans Lenkrad. Ruckartig riss er das Steuer in die erforderliche Richtung.
„Ich muss noch rechtzeitig kommen!", hämmerte es in seinem Kopf.
Mehrmals schlug er wütend mit der Faust auf das Lenkrad, dass es nur so dröhnte.
Der Innenspiegel, in den er zufällig einen Blick warf, zeigte ihm ein völlig fremdes Gesicht, wild, verzerrt, wütend, hasserfüllt, gewaltbereit. Sein Haar hing ihm wirr in die Stirn. Dicke Schweißperlen rannen in kleinen Bächen in seinen Hemdkragen. Seine Augen unter den dicht zusammen gezogenen Brauen waren starr nach vorne gerichtet.

Der Wagen raste jetzt aus der letzten Kurve der Serpentine auf die lange Gerade. Von weitem konnte er schon das Dorf sehen.

„Sie müssen einfach noch da sein!", schrie er jetzt mit voller Lautstärke.

Instinktiv rissen plötzlich seine verschwitzten Hände den schweren Wagen auf die Überholspur, um einem gemütlich daherzockelnden Heuwagen auszuweichen, der unverhofft, ohne anzuhalten, mit gefährlich schwankender, riesighoch aufgetürmter Ladung von einem kleinen Feldweg auf die Überlandstraße hinauf geschaukelt kam. Die bis zum Boden herunter hängenden Heusträhnen wurden vom Fahrtwind des rasenden Boliden mitgerissen, wirbelten in einem bizarren Ballet durch die Luft und legten sich dann sanft, als ob sie müde wären, wie ein grünbrauner Teppich hinter ihm auf die Straße.

Nur flüchtig blickte er im Vorbeirasen zum Fahrer des abenteuerlichen Gefährts hinüber und registrierte dabei dessen vor Schreck weit aufgerissene Augen.

„Verdammter Idiot!", knurrte er und trat im selben Moment erneut brutal auf das Gaspedal.

Wie eine geduckte Wildkatze sprang der Wagen dem kleinen Weiler auf dem Hochplateau entgegen, passierte wild röhrend die ersten Häuser und bog dann auch schon in die schmale Seitenstraße ein, in der das Haus lag.

Nach einer Vollbremsung sprang er aus dem Wagen, kaum dass die Räder still standen. Mit langen Schritten rannte er die Einfahrt entlang und sofort weiter auf dem schmalen, holprigen Gehweg um das Haus herum. Und da sah er es.

Das Glas der Balkontür war zersplittert. Ein Terrassenstuhl – offensichtlich das Einbruchswerkzeug - lag hinter der zerborstenen Tür im Esszimmer. Das waren also der Knall und das Glassplittern gewesen, das er am Telefon gehört hatte!
Vorsichtig schlüpfte er durch die mörderischspitzen Glaszacken, die noch im Türrahmen steckten.
Drinnen sah er sofort, dass hier ein Kampf stattgefunden haben musste: zwei Stühle der Esszimmergarnitur umgekippt, die Tischdecke mit Geschirr und Besteck herunter gerissen, Scherben einiger Tassen auf dem Steinboden verstreut, dazwischen die Kristallsplitter der kleinen Blumenvase mit den gelben Buschrosen, die er Michelle am gestrigen Abend mitgebracht hatte, die Scherben des Steinguttopfes mit seiner Lieblings-Kirschmarmelade, ein hässlich roter Fleck von Marmelade auf dem hellen Steinboden, den man beim ersten Hinsehen für einen Blutfleck halten konnte.
Aufs Äußerste angespannt und leise schlich er von Zimmer zu Zimmer, immer noch in der unsinnigen Hoffnung, dass Entführer und Geiseln noch im Hause sein könnten!
In der Garderobe hing Michelles schwarz-weiß karierte Lieblingsjacke, ihre Schlüssel und ihre Geldbörse mit den Autopapieren lagen, wie üblich, unordentlich auf der Ablage.
'Sie hat das Haus also nicht freiwillig verlassen'!
Im Schlafzimmer fand er ein Chaos vor, heraus gerissene Schubladen, eine umgekippte Nachtkonsole, vor dem Kleiderschrank lagen einige

leichtere Pullover, Sommerblusen, Unterwäsche und verschiedene Söckchen auf dem Boden. Deutlich konnte man den Abdruck einer Tasche oder eines kleinen Koffers auf der Tagesdecke sehen. Hier hatte jemand in aller Eile - wahrscheinlich unter Zwang – Kleider zusammengepackt.

Die plötzliche Gewissheit traf ihn wie ein Faustschlag: Michelle und Jana waren also entführt worden! Diese Schweine hatten ja Repressalien angedroht. Und er hatte das nicht für Ernst genommen.

Erst jetzt, als er sich zum ruhigen Nachdenken zwang und dabei das Chaos noch einmal überblickte, sah er einen Zettel vor dem Fußende des Bettes. Mit zittrigen Händen hob er ihn auf. Er brachte die befürchtete endgültige Bestätigung.

Karte raus,
sonst Frau und Tochter
tot!
Keine Polizei!!!
Tel.: 756483

Verzweiflung und schreckliche Angst krochen in ihm hoch. Die Drohung, die beiden notfalls zu ermorden, war ja unmissverständlich.

Er lief wie ein nervöser Tiger hin und her, starrte mit versteinertem Gesicht aus dem Fenster in den

Garten und schlug immer wieder mit einer Faust in die Handfläche der anderen Hand.
Er hatte also falsch kalkuliert!
Diese Schweine schienen entschlossen zu sein, bis zum Letzten und notfalls über Leichen zu gehen, um ihr Ziel zu erreichen. Dieser verdammte Plan!

Er legte seine Stirn an die kalte Scheibe, schloss die Augen und sah sich im Geiste wieder vor einigen Wochen in seiner Wohnung an seinem Schreibtisch sitzen, wo sein Blick auf die alte, abgenutzte Holzkiste gefallen war, in die er nach dem Tod seiner Mutter den Inhalt einiger Schrankfächer und Schubladen des Wohnzimmerschranks hineingelegt hatte. Diese Papiere waren bei Vaters Tod vor nun mehr zehn Jahren von Mutter und Schwester aus dessen Schreibtisch lieblos einfach dorthinein gestopft worden und sollten nun entsorgt werden.
Er hatte diese Kiste damals in eine Ecke seines Arbeitszimmers gestellt, sie oft hin und her geschoben, weil sie im Weg gestanden hatte, aber nie die Lust gehabt, sie zu öffnen.
Er erinnerte sich, dass er damals noch nicht einmal genau hingesehen hatte, was er eigentlich einpackte, nur um so schnell wie möglich aus der vergifteten Atmosphäre des Elternhauses wegzukommen.
Aufseufzend hatte er schließlich die Kiste auf den Schreibtisch gewuchtet und den Deckel aufgeklappt.
Alte, teilweise schon vergilbte Papiere waren ihm entgegen gequollen. Der Vater hatte über Jahre

und Jahrzehnte fast alles fein säuberlich aufgehoben, wie es seiner Beamtenseele entsprach: Abrechnungen und Zahlungsbelege über 40 Jahre, wie etwa Quittungen des Schornsteinfegers, der Müllabfuhr, des Wasser-werks und so weiter und so weiter.

All das hatte er dann aufeinander gelegt, um es zu entsorgen. Auf einen zweiten Packen daneben waren dann die Fotos aus dem Karton gekommen. Es waren Aufnahmen aus vielen Jahrzehnten, unsortiert und wild gemischt, als hätte jemand schon vorher in ihnen gewühlt. Besonders viele Fotos stammten aus Vaters aktiver Militärzeit, stattlich in Uniform, im Fechtdress in der Kaserne und bei Lehrgängen und im Clark Gabel Look in Zivil. Einige Aufnahmen stammten aus dem Krieg, aus Frankreich und aus Russland. Und es gab auch welche von Urlauben und Ausflügen mit der Familie, von denen er einige überhaupt nicht kannte. Die Bilder würde er vorerst einmal alle behalten.

Ganz zu unters in der Kiste fand er einen verstaubten Pappordner, in dem einige mit Schreibmaschine eng beschriebene Blätter lose zusammengelegt waren. Auf einigen von ihnen konnte man endlose Namenkolonnen mit zuerst römischen und dann arabischen Zahlen und auch mit Buchstaben dahinter erkennen. Diese Zusätze hinter den Namen sahen aus wie Bezeichnungen für militärische Einheiten, denen der Namensinhaber angehört hatte, also Armeekorps, Bataillon, Regiment und Kompanie. ´Merkwürdig! Was wollte Vater denn mit so etwas? Kalter Kaffee´!

Er hatte schon alles auf den Haufen mit Papierabfall legen wollen, als eine zusammengefaltete Landkarte heraus gerutscht war, die er sich dann doch genauer angeschaut hatte.
Es war eine alte, schon recht vergilbte, auf der Rückseite mit Packpapier verstärkte Generalstabskarte mit den üblichen Marschpfeilen und diversen Symbolen, wie er sie teilweise auch von Wanderkarten kannte. Es waren sogar Höhenlinien eingezeichnet, anhand derer man sehen konnte, dass es sich wohl um irgendwelche Mittelgebirge bis zu einer Höhe von 15oo Metern handelte. Wo das aber war, hatte man leider nicht sehen können, weil die Ränder der Karte, auf denen ja Längen- und Breitenangaben zu finden sind und manchmal auch die nächsten Städte außerhalb des Kartenabschnitts fein säuberlich mit einer Schere abgeschnitten worden waren.
Im Zentrum der Karte waren steile Hänge und Felswände zu erkennen. Auch waren in diesem Teil der Karte keine Wege, sondern nur Steige oder sogar nur Steigspuren eingezeichnet. Das Gelände war also äußerst unwegsam. Einer dieser Steige führte zu einer Felswand, in der mehrere Zeichen für „Höhle" aufgedruckt waren, und hörte dort auf. Und genau dort war ein rotes Kreuz mit der Hand eingezeichnet. Hier hatte irgendwer für sich etwas markiert, das andere nicht oder nur mit seiner Hilfe finden sollten. War es der Vater gewesen, der die Karte so präpariert hatte? Es sah fast so aus. Neugierig geworden, hatte er jetzt in den Blättern des Ordners nach einer Erklärung gesucht.

Und die hatte er dann auch gefunden, nachdem er nach erstem Durchblättern etwas gründlicher nachgelesen hatte und auf einem Extrablatt, die in der unverwechselbaren Handschrift des Vaters geschriebene Erklärung, wie er eine besondere Höhle gefunden hatte und so in den Besitz der Blätter gekommen war.

Der Vater hatte, wie er erklärte, auf einem der letzten Patrouillengänge vor dem Rückzug vor den heranrückenden Feinden, bei äußerst schlechtem Wetter zufällig in der auf der Karte markierten Höhle in der Bergwand Unterschlupf gesucht. Weil diese Höhle ziemlich klein gewesen war, war nur sein Freund Heinz Beyer mit hinein gekrochen. Die anderen Kameraden hatten sich auf weitere zwei oder drei Höhlen verteilt.

Zu ihrem großen Erstaunen fanden sie in der Höhle mehrere Stapel mit Aktenordnern in teilweise aufgeplatzten Wehrmachtskisten.

Dieses ganze Zeug hier heraufzuschaffen, hatte sicherlich größter Anstrengung von einer Menge verzweifelter Leute bedurft. Die Landstraße, auf der die Transport-LKWs heran gefahren waren, war immerhin etwa zwei Kilometer Luftlinie entfernt.

Natürlich hatten sie in die Akten hinein geschaut, weil sie sowieso Zeit genug gehabt hatten, da das Unwetter draußen weiter wütete.

Wenn der Sohn jetzt den mit Maschine geschriebenen Text mit teilweise kryptischer Ausdrucksweise richtig verstand, waren in diese spezielle Höhle viele Akten von SS Organisationen hinein gestopft worden, die man in den Wirren der letzten Kriegstage, wahrscheinlich auf dem

Rückzug oder sogar auf der ungeordneten Flucht vor dem Feind, unbedingt hatte loswerden wollen. Alle hatten die beiden Runen, teilweise in Gold unterlegt, auf dem Deckel.

„Man konnte deutlich erkennen, dass man versucht hatte, die Akten zu verbrennen. Vom Eingang her war wohl Feuer gelegt worden, denn die vorderen Ordner waren teilweise nur noch Asche oder stark verkohlt. Dann muss aber das Feuer, wahrscheinlich mangels Sauerstoff, ausgegangen sein.

Die brisantesten Unterlagen, die zufällig ganz hinten in der Höhle gelandet waren, hatten kaum Schaden genommen. Wir fanden bei unserem Herumstochern mit unserem Seitengewehr das akribisch geführte Mitgliederverzeichnis einiger SS - Kommandos aus unserem „Gau" und die Aufstellungen aller ihrer berüchtigt gnadenlosen und grausamen Einsätze gegen „Feinde des Reichs". Und wer ein Feind war, das bestimmten die „schwarzen Horden" ja damals immer selber.

Damit konnten nur die Liquidierungskommandos gemeint sein, von denen man, natürlich immer nur hinter vorgehaltener Hand, gemunkelt hatte.

Dass dies hochbrisantes Material war, begriffen wir sofort.

Wir beschlossen, einige Unterlagen, wie etwa die Namenslisten als Beweise mitzunehmen und sie unten im Tal irgendwo sicher zu verstecken, um sie später - nach Ende des Krieges - den neuen Behörden zu übergeben.

Vielleicht könnten sie uns ja auch jetzt noch zu unserer eigenen Sicherheit als Druckmittel gegen die „schwarzen Horden" nützlich sein. In dem

Durcheinander der letzten Kriegswochen wusste man ja nie, was noch alles passieren würde; die „Werwölfe" waren überall.

Wir teilten die Listen nach Buchstaben auf, von A – M und von N – Z.

In den Eingang der Höhle haben wir bei unserem Weitermarsch eine Handgranate geworfen, die den Eingang verschloss. Der Lärm der Detonation und des Erdrutsches ist im Grummeln des abziehenden Gewitters untergegangen."

Aus irgendwelchen Gründen war der Vater wohl nicht dazu gekommen, seinen Fund zu präsentieren. Darüber fand der Sohn nichts in den Unterlagen. Er sah allerdings – praktisch als erste Bestätigung des Niedergeschriebenen – dass der Vater wirklich nur die Namenslisten von A – M in seiner Obhut hatte.

Natürlich war es auch für den Sohn nicht schwer gewesen, die Brisanz des „ererbten Fundes" sofort richtig einzuschätzen. Diese Unterlagen könnten viele heute „ehrbare" Bürger als Mörder entlarven. Er musste also seine Nachforschungen mit größtmöglicher Vorsicht durchführen.

Seine ersten Wege gingen zum Amt für Kartographie und zu einigen Kartenverlagen. Bald hatte er schließlich unzweifelhaft heraus gefunden, um welche Gegend es sich handelte. Dann hatte er in verschiedenen Archiven, auch im Militärarchiv der Bundesrepublik, nach irgendwelchen Einträgen gesucht.

Eines konnte er hinterher als bewiesen ansehen: die Akten, über die der Vater berichtete, waren wirklich Ende April 1945 auf unerklärliche Weise verschwunden!

Diese seine Nachforschungen hatten aber wohl noch andere Interessenten auf den Plan gerufen. Er glaubte plötzlich, verfolgt zu werden. Bei seinen nächsten Erkundigungen begegnete er immer wieder Leuten, die ihn beobachteten, unauffällig wie sie glaubten, und es folgten ihm abwechselnd immer dieselben Autos.

Während seiner Zeit als Kriminalreporter hatte er sich angewöhnt, sich die Umgebung und auch die Menschen um ihn herum genau anzusehen und sich einzuprägen, und nach einigen „Fallen", die er den vermeintlichen Verfolgern stellte, hatte er auch schließlich Gewissheit.

Als das Netz um ihn dann immer dichter wurde, musste er unwillkürlich an einen Roman von Frederick Forsyth mit dem Titel „Die Akte Odessa" denken, den er vor einiger Zeit gelesen hatte und in dem die Existenz einer „<u>O</u>rganisation <u>d</u>er <u>e</u>hemaligen <u>SS</u> <u>A</u>ngehörigen", also kurz „Odessa", erwähnt wurde.

Aber gab es so etwas wirklich?

Er hatte auch Presseenten in diese Richtung, die meist in der „Saure Gurkenzeit" des Sommerlochs aufkamen, bisher immer äußerst skeptisch gegenüber gestanden.

Die Frage blieb allerdings jetzt hier in seinem konkreten Fall, wie diese „ehrenwerten Herrschaften" von seinen Nachforschungen in diese Richtung erfahren hatten?

Irgendwer, irgendein Sympathisant oder irgendein ewig Gestriger musste irgendwelchen dubiosen Leuten einen Hinweis gegeben haben, dass da irgendjemand sei, der neugierige Fragen stellte.

Und dann gingen die Drohanrufe los.
Zu Anfang hieß es lapidar, er solle die Karte herausgeben oder es passiere ihm ein Unglück. Er hatte das einfach ignoriert, weil er nicht glauben konnte, dass die Bedrohung so real war.
Dann folgte ein Ultimatum mit präziser Zeitangabe zur Übergabe der Karte, das er natürlich auch verstreichen ließ.
Und jetzt hatten sie seine Frau und seine Tochter entführt.
Er stand noch einige Augenblicke stumm am Fenster. Sollte er die Entführer jetzt anrufen und mit ihnen einen Deal aushandeln? Denn nur das konnte ja der Sinn der Telefonnummer auf dem Zettel sein!
Er griff zwar zum Telefon, wählte aber doch zuerst die Nummer seines Sohnes unten in der Stadt.
Er wollte ihm die schlimme Entwicklung der Geschichte unbedingt als Erstem mitteilen und mit ihm die weiteren Schritte abstimmen.
Erst nach dem zehnten oder zwölften Klingeln wurde der Hörer abgehoben. So kurz wie möglich erklärte er Marc die Situation und schnell wurden sie sich einig, dass die Angelegenheit zu gefährlich würde. Beim nächsten Anruf, egal bei wem, würden sie ihre Bereitschaft signalisieren, den Plan zu übergeben.
Dieser Weg war wohl jetzt der einzig Richtige. Er wollte auf keinen Fall riskieren, dass Michelle und Jana etwas zustieß.
Aber würden die Gangster ihr Wort halten und die Frauen freigeben, wenn sie den Plan hatten?
Und wenn nicht, wo könnte man sie finden? Was könnte man überhaupt unternehmen?

+

Die Pläne für Verfolgung, Entführung, notfalls auch Mord und Totschlag wurden in einer kleinen Wohnung im achten Stock eines Hochhauses am Rande der Stadt ausgeheckt, wie nachher aus den Ermittlungsunterlagen der Polizei hervorging.
Die Gangster waren von den „ehrbaren Leuten" über dubiose Mittelsmänner engagiert worden. Es sei eine Landkarte aufgetaucht, die sie unbedingt haben müssten, koste es, was es wolle!
Die Gangster selber hatten nicht gewusst, um was es dabei eigentlich ging, hatten sogar an eine „Schatzkarte" gedacht, weil soviel Aufhebens davon gemacht wurde. Doch ihre Aufgabe war nur, den Plan herbei zu schaffen, egal wie. Den Rest wollten die „Ehrenmänner" selber „erledigen".
Die Wohnung war bewusst gewählt worden, weil sie eine unter vielen Wohnungen in einem Hochhaus unter vielen Hochhäusern war, also die gewünschte Anonymität bot. Hier kümmerte sich kein Mitbewohner um den anderen, jeder war froh, wenn er in Ruhe gelassen wurde, und oft wusste man noch nicht einmal, wer gerade in der Nachbarwohnung seine „Zelte" aufgeschlagen hatte.
Im Fall der beiden Mieter dieser einen Wohnung im achten Stock war es kein Wunder, dass die Nachbarn wegschauten, wenn man sie zufällig auf dem Flur oder im Fahrstuhl traf.
Der jüngere der beiden Männer, breitschultrig und etwa 1,90 m groß, mit schwarzen Locken, die ihm bis in die Stirn hingen. Doch auch sie konnten

nicht die hässliche rote Narbe von der linken Augenbraue quer über Wange, Nase und Mund bis zur rechten Kinnseite verbergen.
Der ältere war deutlich kleiner, rundlich, mit fast kahlem Kopf. Wenn nicht sein stechender Blick aus pechschwarzen Augen unter buschigen, immer grimmig zusammen gezogenen Brauen gewesen wäre, hätte man ihn für ein nettes „Onkelchen" halten können. Und so wurde er auch in der Bande genannt. Das war seine Masche.
Aber er war äußerst aggressiv und Gewalt bereit. In seiner bewusst weiten, sackartigen Kleidung hatte er nicht nur eine Pistole, sondern auch Wurfmesser verstaut. Und schon mancher, der den „gemütlichen Dicken" unterschätzt hatte, hatte dies sehr schnell bereut, wenn er dessen gnadenlose Grausamkeit zu spüren bekommen hatte. Beide Männer gingen notfalls über Leichen, wie sie in mehreren Fällen schon bewiesen hatten.
< Wo bleibt denn nur Nummer Zwei? >, knurrte jetzt Narbengesicht und warf einen Blick auf seine Armbanduhr. Hoffentlich hat der Kerl mit der Karte jetzt endlich kapiert, um was es geht >.
< Er wird jetzt schon parieren! Es geht ja immerhin um das Leben seiner Frau und seiner Kinder! >
Plötzlich hörten sie das vereinbarte Klopfzeichen an der Eingangstür, ein Schlüssel wurde herumgedreht, und dann trat `Nummer Zwei´ in die Wohnung.
Der Neuankömmling meinte beim Eintreten nur lapidar:
< Die Pakete sind gut angekommen! Leider nur zwei! „Nummer Eins" hat mich eben angerufen.

Trotzdem läuft alles nach Plan. Hat der Kerl schon angerufen? >
< Das wird er schon bald tun, darauf kannst du dich verlassen! >, brummelte „Narbengesicht".
< Notfalls müssen wir dem Widerspenstigen den kleinen Finger seines Schätzchens schicken, damit er gefügig wird! >
„Onkelchen" leckte sich in grausamer Vorfreude schon die Lippen.
< Ich werde gleich unseren Mann im Bunker anrufen, damit er das liebe, kleine Fingerchen schon einmal fein säuberlich abschneidet und das Paketchen dann schön verpackt und mit einem Schleifchen versehen an den Idioten abschickt! >
Er suchte in den unermesslichen Tiefen seiner Jacketttaschen herum, holte schließlich ein schon recht antikes Mobiltelefon in der Größe einer mittleren Telefonzelle heraus und hämmerte mit seinen dicken Wurstfingern auf die Tasten ein.

+

Der Bunker lag, wie mehrere andere, in einem dichten Tannenwald. In der „braunen Zeit" einmal als Abwehrstellung rund um die wichtige Industriestadt gebaut worden, waren sie heute feucht und verkommen. Die Lichtungen, die damals für den Bau und das freie Schussfeld geschlagen worden waren, zeigten mittlerweile wieder dichten Bewuchs.
Durch Risse in der Kuppeldecke sickerte jetzt ungehindert Regenwasser in die Hauptkammer

hinein, und die Wände waren mittlerweile schwarz verschimmelt.

In dieser Hauptkammer lag überall Müll von den vielen heimlichen Teenagerpartys, die hier regelmäßig stattfanden. Essensreste, Papp-behälter einer amerikanischen Fast-Food-Kette, gebrauchte Servietten, Papiertücher, Kondome, zerschlagene Flaschen lagen wild verstreut. Aus einer Ecke stank es fürchterlich nach Exkrementen.

Das Einzige, das noch funktionierte, oder besser gesagt wieder funktionierte, war die alte Eisentür. Irgendjemand hatte Scharniere und Schloss frisch geölt, sodass man fast ohne Quietschen oder Knarren rein und rausgehen konnte. Auch der Schlüssel ließ sich wieder mühelos und ohne Geräusch drehen, was die beiden hier Eingesperrten mit Schrecken registriert hatten.

Ein altes, verrostetes Eisenbett mit einem ausgeleierten Sprungrahmen und ein windschiefer Holzstuhl waren die einzigen Möbel in diesem muffigen Verlies. Die rostigen Federn des Sprungrahmens quietschten jedes Mal zum Gott erbarmen, wenn sich die beiden verängstigten Menschlein, zwei Frauen, einmal unter der schmutzigen und kratzigen, leicht feuchten Pferdedecke bewegten.

Diese Decke war ihr einziger Schutz vor Kälte und Feuchtigkeit und auch vor den gierigen Blicken ihres Bewachers, wenn dieser vierschrötige Kerl den Raum betrat, der nur von einer nackten Glühbirne notdürftig beleuchtet wurde.

Jedes Mal, wenn der Kerl aus dem Vorraum in den Hauptbunker kam, um ihnen Essen und Wasser

zu bringen, merkte man seinen unverschämten Blicken an, dass er sich nur mit Mühe zurückhalten konnte, aufdringlich zu werden. Das hatte ihm wohl irgendjemand unter Androhung von Strafe strengstens verboten.
Damit sie nicht weglaufen könnten, wie er gesagt hatte, hatten die Geiseln sich auf seinen Befehl hin, den er mit gezückter Pistole energisch unterstrichen hatte, vor ihm ausziehen müssen, hatten seine vor Geilheit gierenden und vor Vorfreude schon leuchtenden Augen gesehen, als sie nur noch in Unterwäsche vor ihm gestanden hatten. Mit dem Mute der Verzweiflung hatten sie sich geweigert, auch Höschen und BHs auszuiehen, weil sie genau gewusst hatten, dass dieser Kerl sich dann nicht mehr hätte zurück-halten können. Nach einigen Augenblick des Zögerns, hatte er dann aber nur gegrinst und ihre Kleider mit nach draußen genommen. Fliehen würden die Weiber ja sowieso nicht können und irgendwann würde er doch zum Zuge kommen.
Diese seine Gedanken waren von seinem einfältigen Gesicht deutlich abzulesen.
Michelle und Jana hatten sich, eng aneinander gedrängt, auf das Bett gelegt, die eine Hälfte der Decke über die Enden der rostigen, quietschenden Sprungfedern gebreitet, die andere Hälfte so gut es ging als Zudecke über sich gezogen.
Der Kerl hatte ihnen mit den Kleidern auch die Uhren abgenommen und langsam kam ihnen das Zeitgefühl abhanden. Wie lange waren sie schon hier in diesem Loch?

< Wir müssen etwas unternehmen! >, flüsterte Michelle ihrer Tochter ins Ohr.
< Ich habe Angst! >, reagierte die panisch.
< Reiß dich zusammen! Siehst du den halb verkohlten Holzklotz in der erkalteten Feuerstelle da hinten? Wir stehen jetzt leise auf, ich hole den Holzklotz und stelle mich hinter die sich öffnende Tür. Du klopfst und stellst dich so, dass der Kerl dich sofort sieht, und zwar in deiner Unterwäsche! Du musst ihm dann nur noch zulächeln, und er wird ganz sicher jede Vorsicht vergessen, so geil wie der ist, und auf dich zu stürzen, weil er das als Einladung versteht.
Dann haue ich ihm von hinten den Klotz auf den Kopf und wir können verschwinden! Kapiert? >
< Aber Mutter! Dann sieht der Kerl mich ja fast nackt! Nein, das mache ich nicht! >
< Sollen wir es anders herum machen? Willst du ihm den Klotz auf den Kopf hauen? >, fragte Michelle ärgerlich.
Jana schüttelte nur energisch den Kopf.
< Dachte ich mir doch! Also bleibt es beim ersten Plan! Du kannst dir ja die Decke über die Schultern legen. Hauptsache er sieht noch genug! Also los! >
Die rostigen Federn quietschten verräterisch.
< Leise! >
Michelle ging schnell zu der erkalteten Feuerstelle und hob den angekokelten Klotz auf.
< Hoffentlich fällt der nicht auseinander, wenn ich zuschlage! Dann war alles umsonst! >, flüsterte sie skeptisch.
Sie gingen jetzt zur Tür. Michelle nahm ihren Platz ein, Jana klopfte mit ihrer kleinen Faust

gegen die Eisentür und ging sofort einige Schritte zurück.
Zuerst rührte sich nichts. Sollte die Tür etwa so dick sein, dass man sich nicht bemerkbar machen konnte?
Doch als Jana erneut gegen die Tür schlug, hörte man plötzlich, dass der Schlüssel gedreht wurde. Die Tür ging einen spaltweit auf.
'Er ist sehr vorsichtig, dieser Kerl, als ob er etwas ahnt', dachte Michelle bei sich. Als der Wächter dann aber durch den Spalt Jana in Unterwäsche stehen und ihn anlächeln sah, vergaß er alle Vorsicht. Er stieß die Tür auf, machte zwei Schritte nach vorne und sank aufstöhnend zusammen, als ihn der Klotz auf den Hinterkopf traf.
< Das war knapp! Das war wirklich fast nur noch Kohle! Aber es hat gereicht! Und jetzt nichts wie raus. Zuerst suchen wir unsere Kleider! >
Sie huschten aus ihrem Gefängnisraum hinaus, zogen die Tür zu, schlossen sie ab und warfen den Schlüssel in eine Ecke voller Blätter.
< Schau, der Clown hat unsere Jeans und unsere Blusen dort fein säuberlich über den Stuhl gelegt. Und unser Köfferchen steht gleich dabei! Das ist ja praktisch! Also los! >
Ohne weitere Worte zu verlieren, schlüpften sie in ihre Kleidung und schraken dann fürchterlich zusammen.
In die absolute Stille hinein klingelte plötzlich ungewöhnlich laut ein Mobiltelefon, das auf dem Tisch lag und bei jedem Klingelzeichen hin und her hüpfte.
Sie hatten sich schnell wieder gefasst. Das war die Gelegenheit! Sie warteten ab, bis das Telefon

verstummte, und nachdem sie sich mit einem kurzen Blick nach draußen vergewissert hatten, dass sie wirklich allein waren, wählte Michelle die Nummer des Anschlusses in ihrem Häuschen. Vergebens!
Jetzt die Nummer des neuen Mobiltelefons ihres Mannes. Wieder vergebens!
Schließlich wählte sie die Nummer ihres Sohnes in seinem Büro. Und zu ihrer Erleichterung hob jetzt jemand ab.
< Hallo! Ich bin es! Du weißt ja wohl schon, dass wir entführt wurden. Wir konnten aber entkommen. Wir waren in einem alten Bunker eingesperrt, irgendwo in einem Kiefernwald. Kannst du Papa erreichen? Sag´ ihm, dass alles in Ordnung ist und dass es uns gut geht. Wir versuchen herauszubekommen, wo wir sind. Dann gebe ich wieder Bescheid und ihr könnt uns abholen! >
< Halt! Leg nicht auf! Ich weiß einen schnelleren Weg! Schau außen auf die Bunkertür! Dort muss eine Nummer in weißer Farbe stehen. Der Fremdenverkehrsverein hat die Bunker vor einiger Zeit markiert, weil sich immer wieder Touristen im Wald verlaufen. Ich habe hier eine Karte mit allen Bunkernummern. Ich weiß dann sofort wo ihr steckt! >
Jana hatte das Gespräch mit angehört, indem sie ihr Ohr ganz nah an den Hörer gedrückt hatte. Sie eilte jetzt nach draußen und sah an der dicken Bohlentür eine groß aufgemalte Zahl.
< Hier draußen steht eine „12". Kannst du damit etwas anfangen? >
< Ja sicher! Ich weiß jetzt wo ihr seid! Der Bunker 12 ist unweit einer Landstraße. Ganz in der Nähe

ist ein großer Parkplatz für Wanderer. Versteckt euch in der Nähe des Bunkers irgendwo im dichten Unterholz. Passt auf, dass euch nicht ein plötzlich auftauchender Spießgeselle eures Bewachers entdeckt. Papa und ich werden uns schon bemerkbar machen, wenn wir am Bunker angekommen sind. Wir kommen auf dem Trampelpfad zwischen Parkplatz und Bunker und werden dabei ein Kinderlied pfeifen, sagen wir „Sûr le pont d'Avignon"! Wenn ihr dieses Lied hört, könnt ihr rauskommen, dann sind wir das. Wenn irgendwelche anderen Gestaltung da rumlaufen und das Lied nicht kennen, kommt um Gottes Willen nicht aus eurem Versteck! Also, viel Glück! >

Michelle schaltete das Mobiltelefon ab und steckte es sicherheitshalber in die Hosentasche. Vorsichtig und jeden Moment auf eine böse Überraschung gefasst, gingen sie einige Meter auf dem Pfad vom Bunker weg, kämpften sich dann durch das dichte Unterholz der Böschung links des Wegs nach oben etwas in den Wald hinein. Als sie unversehens vor einem kreisrunden, trichterförmigen Loch standen, wohl einem alten Bombentrichter aus dem II. Weltkrieg, hatten sie ihr ideales Versteck gefunden. Sie legten sich auf den schrägen Hang des Trichters, deckten sich zur Sicherheit gegenseitig noch mit Blättern zu und konnten so den etwas tiefer liegenden Verbindungsweg genau beobachten, wenn sie leicht den Kopf hoben. Dort entlang, das wussten sie jetzt, würde die Rettung, aber eben vielleicht auch das Verderben kommen.

+

Verdammt! Warum geht der Trottel nicht ans Telefon? Ich habe es jetzt schon eine Weile klingeln lassen. Ist der denn taub? Beim Pinkeln hat er unbedingt sein Mobiltelefon mitzunehmen, das weiß er ganz genau! Wir haben ihm das Ding doch gegeben, dass er jederzeit erreichbar ist, verdammt! >
Nach kurzem Überlegen meinte er dann aufgeregt:
< Da stimmt etwas nicht! >
< Mach nicht sofort auf Panik, „Onkelchen"! Versuch es einfach noch einmal! > „Onkelchen" benutzte nicht die Wahlwiederholung, sondern tippte mit seinen Wurstfingern noch einmal die Nummer ein. Er hielt den Apparat abwartend ans Ohr.
< Jetzt ist besetzt! Teufel auch! Was ist denn da los? >
< Leg schnell auf, vielleicht will er uns ja erreichen, weil er das Läuten zu spät gehört hat! >
„Onkelchen" drückte sehr nachdenklich auf den roten Knopf. Er starrte das Gerät weiter an, als wenn er den Anruf so herbei zwingen könnte. Es geschah nichts.
Immer nervöser werdend, wartete er fünf lange, Nerven aufreibende Minuten, die allen wie Stunden vorkamen, bis er endgültig seine Geduld verlor.
Noch stärker als vorher haute er erneut die Nummer ins Gerät und hielt es sich ans Ohr.
< Besetzt! Da stimmt ganz sicher etwas nicht! >
< Ja, du hast recht! >, sagte jetzt „Nummer Zwei" ganz ruhig. Er drehte sich zu „Narbengesicht" um.
< Setz dich ins Auto und fahr zum Bunker. Wenn der Kerl nur gepennt hat, dann tritt ihm kräftig in

den Hintern. Wenn er sich allerdings hat übertölpeln lassen, dann...>
Er nickte nur und wusste, dass man ihn verstanden hatte und nicht widersprechen würde.
< Das mit dem Finger musst dann eben du machen! Es bleibt dabei, wir brauchen ein Druckmittel! >
„Narbengesicht" nickte zögernd. Dieser Auftrag behagte ihm ganz und gar nicht. Zu widersprechen wagte er allerdings auch nicht.
< Kann „Onkelchen" mitkommen? Er kennt die Gegend besser als ich. Er war ja schon mehrmals da? >, fragte „Narbengesicht" nach kurzem Überlegen ganz beiläufig und harmlos, aber voller Hoffnung, die blutige Arbeit dem erfahrenen Messerstecher überlassen zu können.
< Einverstanden, aber beeilt euch! Die Sache dauert schon zu lange. Nummer Eins wird ungeduldig. Seine Auftraggeber sitzen ihm im Nacken und er darf sein Gesicht nicht verlieren, das wäre schlecht fürs Geschäft! >
Niemand begegnete ihnen im Treppenhaus. Sie stiegen ins Auto und rasten im Affentempo los.
Etwa nach 20 Minuten erreichten sie den Parkplatz in der Nähe des alten Verbindungswegs, der während des Krieges dazu gedient hatte, die Vielzahl der Bunker und die sonstigen Stellungen mit Nahrung, Munition und sonstigem Nachschub zu versorgen.
Nach dem Krieg war dieser Weg für Wanderer ausgebaut worden und „Onkelchen" und „Narbengesicht" registrierten mit Ärger, dass trotz der frühen Stunde wohl schon ein Wanderer, ein

Jogger oder einfach ein Frischluftfanatiker" sein Auto hier geparkt hatte.
< Verdammt, dass es aber auch Leute geben muss, die so früh schon spazieren gehen! Wir müssen sehr vorsichtig sein und erst einmal ausspähen, was am Bunker los ist und wieso sich Nr. 4 nicht gemeldet hat! >
Möglichst leise bewegten sie sich auf dem schmalen Verbindungsweg in Richtung Bunker, wobei „Onkelchen" seine Hände in die unergründlich weiten Taschen seines Sakkos vergraben hatte, um auf jede Überraschung vorbereitet zu sein. Die Anspannung bei „Narbengesicht" konnte man deutlich an seinem Gang ablesen. Er hatte den Oberkörper leicht vorgebeugt, die Hände hingen locker herunter. So konnte er blitzschnell reagieren und seine Waffe ziehen.
Was sie aber bei aller Vorsicht nicht bemerkten waren die beiden Männer, die bei ihrer Ankunft blitzschnell hinter die dicken Stämme von zwei Eichen am Zugang zum Verbindungsweg verschwunden waren und sie genau beobachteten, seit sie auf den Parkplatz eingebogen waren.
Vater und Sohn wussten instinktiv, dass diese zwei lichtscheuen Gestalten, die sich ganz vorsichtig bewegten und sich immer umschauten, ganz sicher keine Spaziergänger waren, sondern dass sie auf dem Weg zum Bunker waren. Vielleicht war es die normale Ablösung, vielleicht wussten sie auch, dass da irgendetwas nicht stimmte. Hoffentlich hatten sich die beiden Frauen gut versteckt und gaben keinen Laut von sich!

Das seltsame Gespann erreichte schließlich – von ihren Verfolgern genauestens beobachtet - den Bunker mit der großen „12" auf der Eingangstür.

Mit kaum beherrschter Wut riss „Onkelchen" die Tür auf und brüllte den Namen des Kumpans in den Bunker.

Zuerst erhielten sie keine Antwort, bzw. hörten nichts aus dem Inneren.

Erst als sie ganz in den Vorraum hineingingen, konnten sie hören, dass ihnen aus dem verriegelten Hauptraum jemand antwortete und an die dicke Stahltür klopfte.

„Narbengesicht" versuchte sofort, die Tür zu öffnen, musste aber feststellen, dass sie abgeschlossen war und der Schlüssel fehlte. Er zog mit aller Kraft am Türgriff, aber die massive Tür rührte sich nicht.

Der Eingeschlossene – in großer Sorge nicht gehört zu werden und hier bis zum „Sankt-Nimmerleins-Tag" eingesperrt zu bleiben, hieb unterdessen weiter gegen die Tür und rief um Hilfe.

Den Moment, als die Strolche im Bunker verschwanden und dort herumfluchten, nutzten die Beobachter, um so leise wie möglich auf dem mit Blättern bedeckten Weg näher heran zu laufen und sich ganz in der Nähe des Bunkereingangs im Unterholz zu verstecken.

Das erste, was sie dann hörten, war der Befehl von „Onkelchen" an seinen Kumpan „Narbengesicht:

< Wir brauchen ein Brecheisen oder etwas Ähnliches! Geh´ hinaus und such´ irgendeine

Metallstange, mit der wir die Tür aufstemmen können. Hier liegt doch genug Schrott herum! >
„Narbengesicht" suchte im Vorraum und auch draußen um den Bunker herum und hob schließlich ein rostiges Stück Moniereisen auf. Er verschwand wieder im Bunker und nach einiger Zeit, in der drinnen geschimpft, geflucht und gebrüllt worden war, flog plötzlich ein dritter Mann in hohem Bogen auf den Vorplatz vor der Bunkertür. Sein Gesicht sah schon alles andere als hübsch aus. Er blutete aus der Nase und aus einigen tiefen Rissen über den Augenbrauen und den Wangenknochen, und es würde nicht lange dauern, bis mindestens ein Auge zugeschwollen war.
< Du Idiot! Du lässt dich von zwei Weibern austricksen? Das glaub´ ich doch nicht! Eigentlich haben wir die Anweisung, dich umzulegen, denn mit solchen Versagern wie dir können wir nicht weiter arbeiten! >
Die Stimme von „Narbengesicht" überschlug sich fast vor Wut.
„Onkelchen" stand ganz ruhig dabei, mit dem Rücken an eine Wand gelehnt und sagte nichts, sondern säuberte in aller Seelenruhe mit der Spitze eines seiner Messer die Fingernägel. Man merkte seinem Gesicht deutlich an, dass er mit der „weichen Welle" seines Kumpans nicht einverstanden war. Sie hatten eindeutig andere Anweisungen!
Als „Narbengesicht" sich schließlich heiser geschrien hatte, dem Übertölpelten gerade geraten hatte, schnellstens von der Bildfläche zu verschwinden und ihm nie mehr unter die Augen

zu kommen, machte „Onkelchen" einen Schritt auf den Ausgestoßenen zu, als ob er sich freundlich von ihm verabschieden wolle, und stieß ihm dann mit einer kaum zu sehenden, blitzschnellen Bewegung sein Messer mit aller Kraft in die Brust.
Ungläubig und starr vor Schreck sah „Narbengesicht" zu, wie der frühere Kumpan zusammen sackte und leblos liegenblieb.
< Wir müssen sofort hier weg und nehmen den da mit. Wir schmeißen ihn unterwegs in irgendein Loch! Die Frauen finden wir sowieso so schnell nicht mehr, wenn sie schlau genug waren >, kehrte jetzt das „liebe Onkelchen" seine Autorität als Nummer 3 der Bande heraus.
< Nimm ihn auf die Schultern! Wir müssen ihn woanders entsorgen! Und den Kerl mit dem Plan müssen wir noch anders unter Druck setzen, vielleicht ihn selber entführen, um den Plan zu bekommen. Also los! >, kommandierte er.
Während der ganzen Zeit blieben Vater und Sohn versteckt und beobachteten mit zunehmendem Entsetzen, was da auf dem Vorplatz des Bunkers vor sich ging.
Die bewaffneten Gangster anzugreifen, war natürlich absolut nicht ratsam. Der Vater beruhigte seinen Sohn, der unbedingt etwas tun wollte.
< Wir müssen warten, bis sie verschwunden sind. Erst dann können wir die Frauen suchen!" >
< Aber dann sind die Mörder verschwunden und wir wissen nicht wohin! >, flüsterte er voller Zorn.
< Beruhige dich, ich habe ihr Nummernschild notiert, als sie auf den Parkplatz gesaust kamen. Es ist sicher kein gestohlenes Auto, dafür ist die Karre viel zu verbeult, und dann haben wir sie

bald „am Wickel"! Jetzt müssen wir nämlich doch die Polizei einschalten, ob wir wollen oder nicht! Bei Mord hört der Spaß auf! Jetzt können wir nicht mehr alleine weitermachen! >
Währenddessen lud sich „Narbengesicht" seinen toten Kumpan auf die Schultern wie einen Sack Kartoffeln und marschierte hinter „Onkelchen" her in Richtung Parkplatz.
Die beiden Beobachter verharrten weiter mucks--mäuschenstill in ihrem Versteck, bis sie den Motor aufheulen und sich vom Parkplatz in Richtung Straße entfernen hörten.
Erst jetzt krochen sie aus dem Unterholz heraus und berieten erst einmal, wie sie die Frauen finden sollten.
< Wir pfeifen auf dem Pfad „Sûr le pont d´Avignon", das müssten sie eigentlich hören. >
Pfeifend gingen sie los in Richtung Parkplatz. Nach etwa 100 Metern, an einer natürlichen Bodenwelle, hörten sie plötzlich seitlich im Unterholz Blätter rascheln und Äste knacken, und dann stolperten die Frauen auf sie zu.
Sie umarmten sich erleichtert und tanzten ausgelassen herum.

+

< Welch ein schönes Bild! Man könnte sich geradezu daran ergötzen! >, sagte plötzlich eine vor Hohn triefende, süßliche Stimme, und „Onkelchen" trat mit einer Pistole im Anschlag aus einem Gebüsch in der Nähe.

< Ich hatte mir doch so etwas gedacht! So schnell konnten die Frauen eigentlich nicht verschwunden sein! Und siehe da, ich habe Recht. Nun, Herrschaften, Hände hoch und vor mir her gehen! Wir nehmen euren Wagen, denn unserer ist ja weg, wie ihr sicher gehört habt. Ich weiß noch so ein schönes Versteck! >

Langsam streckten die Vier, die soeben noch vor Freude ausgelassen gesungen und getanzt hatten, völlig geschockt die Hände hoch.

Die Männer waren wütend auf sich selber, weil sie so arglos gewesen waren. Sie hätten sich am liebsten selbst in den Hintern getreten.

Und dann machte „Onkelchen" plötzlich einen Anfängerfehler, den man bei einem so „erfahrenen" Gangster überhaupt nicht erwartet hätte.

Im Eifer, seine Gefangenen möglichst schnell zum Parkplatz zu treiben, schloss er am Anfang einer kleinen Steigung zu nah auf, und in dem Augenblick, in dem sich der Lauf seiner Pistole in den Rücken des Sohnes bohrte, stieß „Onkelchen" mit dem Fuß gegen einen dicken Stein oder eine Wurzel auf dem Weg, strauchelte und streckte instinktiv seine Hände nach vorne, um sich abfangen zu können.

Der Sohn reagierte augenblicklich. Mit aller Kraft schlug er mit zusammengelegten Fäusten auf „Onkelchens" fetten Nacken und trat ihn zusätzlich noch mit voller Wucht in die Seite. Endlich konnte er sich rächen. Wieder und wieder schlug er zu. Die Pistole des Gangsters war längst schon zu Boden gefallen. Der Dicke sackte zusammen wie ein nasser Sack, ohne auch nur einen Laut von sich gegeben zu haben.

Der Vater sprang jetzt hinzu, setzte sich auf seinen Rücken und zog ihm unbarmherzig die Arme nach hinten.

< Neben dem Bunker habe ich einen alten Strick liegen sehen. Ich und hole ihn! >, rief Jana und sprintete schon los.

< Wir werden uns mit dem Kerl überhaupt nicht belasten, sondern binden ihn einfach hier an einen Baum. Die Polizei wird sich freuen, bei dem Mord, den wir melden werden, den Mörder sofort mitgeliefert zu bekommen! >

Als Jana nach kurzer Zeit wieder herangesaust kam, schleiften die Männer den von den Prügeln immer noch benommenen Gangster zum nächsten Baum, stellten ihn auf seine noch staksigen Beine und fesselten ihn sehr sorgfältig mit dem dicken Strick an den Baum.

Im Eilschritt ging es dann zur nächsten Polizeiwache.

Der Bericht über die ganze Latte der Kapitalverbrechen schlug dort wie eine Bombe ein. Eine Entführung und zusätzlich einen Mord hatte man hier im ländlich-beschaulichen Bezirk überhaupt noch nicht gehabt. Und dass man den Mörder dann noch sofort präsentiert bekam und ihn nur noch „vom Baum pflücken" musste, war geradezu sensationell. Dass man dann auch noch gleich die ganze Bande dingfest machen konnte, durch die Auswertung der Telefonnummern auf „Onkelchens" Mobiltelefon, setzte dem Ganzen noch die Krone auf.

+

Jetzt endlich - befreit von lästigen Verfolgern – machten sich Vater und Sohn in Begleitung eines jungen Beamten der Polizei auf die Suche nach den Höhlen und ihrem Inhalt.

Zuerst waren sie unsicher, ob sie die richtige Stelle gefunden hatten, als sie vor der Steilwand standen, denn hier sah es völlig anders aus, als auf der Karte verzeichnet. Da wo eigentlich laut Karte einige Höhlen sein mussten, sahen sie nur eine große, tiefe Rinne in der Felswand, senkrecht von oben nach unten, und unterhalb ihres Standplatzes konnte man noch deutlich die riesigen Steinhalden eines Bergrutsches erkennen.

Jetzt wussten sie auch, warum überall Warnschilder vor Steinschlag aufgestellt waren. Der Hang war völlig instabil. Höhlen waren keine mehr zu entdecken, und auch die Akten würden wohl für immer verschwunden sein.

Sollte das alles die Folge der damaligen Explosion von Vaters Handgranate sein? Das war eigentlich nur vorstellbar, wenn der Fels sowieso schon brüchig gewesen war und im Laufe der Zeit die Korrosion noch zusätzlich ihr Werk getan hatte.

Dass die Polizei sofort mit vor Ort war, hatte mehrere Vorteile.

Zum einen brauchten sie jetzt nicht umständlich Meldung zu machen, zum Zweiten wurde eine Akte über den ganzen Vorgang angelegt und zum Dritten erfuhren die „ehrenwerten Leute", die wohl aus erster Hand informiert wurden, dass die Höhle und die gefürchteten Akten für immer verschwunden waren.

Es kam kein Anruf mehr, es gab keinen Erpressungsversuch mehr und als Vater und Sohn Opas Blätter mit der Namensaufstellung feierlich verbrannt hatten, konnte endlich wieder Normalität eintreten.

++++++++++++